L'aventurier

Un roman Western

Richard G. Hole

Far West

Pendant quelques mois, les rues de San Francisco ont été un champ de bataille tragique.

Les hommes armés se sont consacrés à rechercher leurs rivaux les plus faibles dans l'entreprise et à les chasser du mieux qu'ils pouvaient, et à cette époque le cimetière de la ville était un pèlerinage de cercueils qui devaient attendre rigoureusement leur tour pour leur donner l'occasion de leur fournir un espace pour se reposer une fois pour toujours ...

L'aventurier est une histoire appartenant à la collection Far West, une collection de romans développés dans le Far West américain.

L'AVENTURIER

CHAPITRE I

GESTION DE L'ARMISTICE

San Francisco, la perle du Pacifique, vibrait d'exaltation, d'une joie insolite, avec des gens attaqués par la plus haute fièvre ; c'était comme une maison de fous colossale, si grande que les fous semblaient s'y perdre, alors qu'en fait ils étaient enfermés dans cette parcelle exotique de côte sauvage.

C'étaient les temps exaltés où l'or, étant le levier du monde, pouvait être assuré qu'il ne valait rien à cause de son abondance, et pourtant les gens se battaient et s'entretuaient froidement pour le posséder ainsi que les hommes les plus audacieux des quatre points cardinaux, ils arrivèrent à San Francisco attirés par sa splendeur et par la facilité de la conquérir, pourvu qu'il fût compris comme facile de posséder un cœur dur, une impétuosité suicidaire et une main agile et cultivée brandissant le poulain.

Avec ces éléments, il était possible de vivre magnifiquement et de chérir le métal jaune ; Quiconque avait "tué son homme", et en tuant un homme signifiait avoir supprimé de façon spectaculaire un rival aussi dangereux que lui, avait le droit absolu d'être propriétaire de tout ce qu'il voulait. La valeur personnelle des individus était cotée de la même manière que l'or, et bien qu'il y en ait beaucoup qui aspiraient à devenir une bonne action négociable sur ce marché difficile, chaque jour ils tombaient en masse, car leur excès leur aurait rendu la vie impossible. les autres.

La rue principale de San Francisco, longue artère, cœur et cerveau de la ville, Third Street et quelques autres d'une importance exceptionnelle regorgeaient de locaux somptueux et saisissants, où l'or coulait comme dans un melting-pot débordant. Quiconque avait fait une bonne affiche et avait l'intention de l'exploiter sans courir d'avatars excessifs pour gagner de l'argent, avait l'habitude d'établir un bar ou un tripot, sûr que l'alcool, les filles gaies et faciles à vivre qui servaient d'appât et les tables de jeux remplir leurs poches, sans plus d'expositions logiques que celles dérivées de l'exploitation du vice.

Mais il vint un moment où ceux qui comprenaient le métier différemment, pesant la question, considéraient que les profits des propriétaires de maisons de jeux et des joueurs étaient excessifs pour ce qu'ils risquaient, et leur esprit vif a établi un nouveau mode d'exploitation du peuple.

La méthode consistait à imposer une redevance journalière à tous les locaux, en échange de laquelle ils leur permettraient de continuer à exploiter leurs clients sans une troisième intervention dangereuse des inventeurs.

C'est vrai qu'il y a eu des rébellions pour se laisser subjuguer de cette façon confortable, mais quelques assauts de masse, quelques incendies criminels et deux ou trois meurtres de propriétaires récalcitrants pour payer le tribut ont quelque peu apprivoisé les nerfs des autres et de tous, acceptant le moins mal. , ils ont choisi de payer cette étrange contribution.

Ce n'est pas avec cela que le conflit a été résolu. Une nouvelle en a émergé, qui devait définir qui avait le « droit » de percevoir la redevance.

Chaque tireur avec une certaine force a assumé ce droit et il est arrivé un moment où les toisons, se voyant constamment harcelés par les uns et par les autres, et craignant que même avec les bénéfices totaux ils n'obtiennent assez pour couvrir tant de bouches, ils ont décidé de mettre je freine les abus, refusant de payer à travers vents et marées.

C'était déjà bien qu'un "les plus forts" participait à leurs prestations en compensation pour leur permettre de les obtenir, mais pas huit ou dix, ce qui rendait la vache quelque chose de si flasque qu'elle n'allait se donner à personne.

C'est alors que Konny Foot et Michel Fritt, les deux hommes armés les plus audacieux et les mieux organisés, décidèrent de remettre de l'ordre dans ce chaos qui minait leurs profits. Si le produit était distribué à plusieurs, il serait rare, et comme il ne s'agissait plus de l'hostilité des propriétaires des tripots, mais de la compétition entre ceux d'une même portée, ils ont décidé de commencer à se frayer un chemin d'obstacles.

Pendant quelques mois, les rues de la ville ont été un champ de bataille tragique. Tous deux, séparément, se sont consacrés à rechercher leurs plus faibles rivaux dans l'entreprise et à les chasser du mieux qu'ils pouvaient, et à cette époque le cimetière de San Francisco était un pèlerinage de cercueils qui devaient attendre rigoureusement leur tour pour leur donner l'occasion de leur fournir un trou où se tenir une fois pour toutes.

Le nettoyage a été si sanglant que les quelques personnes qui restaient pour continuer la bataille ont réalisé que c'était un suicide de continuer. Ils étaient les moins et les moins puissants, et de leur plein gré ils se retirèrent de la compétition, se consacrant à promouvoir leurs revenus par d'autres moyens non moins répréhensibles, mais qui ne touchaient pas au fief des deux tireurs.

Et c'est ainsi qu'un jour vint où seuls Foot et Fritt se tinrent face à face.

Ils étaient tous les deux forts, audacieux et résistants, et tous deux avaient des éléments rugueux et durcis pour les soutenir ; puis le combat devint plus tragique et plus compliqué, car tous deux connaissaient le terrain qu'ils foulaient et ce que valait l'ennemi devant eux.

Mais comme l'estime de soi de chacun allait se sentir blessée si elle cédait après de nombreux succès, pour résoudre la situation ils décidèrent d'entreprendre un combat de colosses, et utilisant toutes sortes de coups rusés et audacieux ils tentèrent de s'éliminer.

Mais la question n'a pas été aussi facile à résoudre qu'il n'y paraît. Il y a eu de nombreuses victimes des deux côtés "des victimes que chacun s'est précipité pour couvrir immédiatement" car il n'y a jamais eu de manque d'éléments désireux de faire partie du groupe pour bien vivre, et donc, malgré les victimes, rien n'a été fait pour faire pencher la balance en faveur de l'un des deux patrons, jusqu'à ce que tous deux, qui n'étaient pas stupides, pensaient que le temps était venu de parlementer et de chercher une solution avantageuse, mais cela ne les laisserait pas dans une situation ridicule.

C'est Foot qui y a pensé le premier, et après y avoir réfléchi et échangé ses impressions avec ses hommes les plus éminents, il a décidé de tester les eaux.

Ce n'était pas une entreprise très viable de contacter son rival. Les deux se craignaient et tous deux prirent des précautions drastiques pour ne pas donner à l'autre la facilité de l'éliminer, et pour cette raison il fallut inventer quelque chose qui les mettrait en contact sans danger immédiat et sans soupçon lors de la conduite de l'entretien.

Puis Foot a pensé à la meilleure personne pour organiser l'entretien. Cette personne était Agnes Desher, « California Beauty », comme l'appelait le peuple de bronze de San Francisco. Une blonde d'une beauté provocante et séduisante, une femme déjà caillée dans la vie et avec un courage digne du tireur le plus coriace, puisqu'elle avait roulé à travers tous les champs miniers, et à force d'habileté, de savoir exploiter sa beauté et de ne pas se sentir scrupule à gagner de l'argent, il avait réuni un capital assez excellent, ce qui lui permit d'établir un magnifique tripot dans la rue de San Francisco, auquel assistaient les meilleurs et les plus turbulents de la ville.

Agnès, habile, avait réussi à capter l'amitié des deux chefs. Les deux l'ont d'abord menacée, ils lui ont tous deux exigé une grosse somme pour l'avoir laissée vivre en paix et exploiter le tripot à son gré, et elle les avait apprivoisés tous les deux, l'obligeant à rester en dehors de tout tribut à titre exceptionnel.

Personne ne connaissait le genre de supercherie à laquelle elle faisait appel pour y parvenir, et elle seule comptait, mais Agnès, une femme pratique et suggestive, avait laissé entendre plus d'une fois que ce n'était pas la meilleure procédure pour résoudre le conflit, car ils vivraient en guerre perpétuelle se mordant la queue sans parvenir à quelque chose de précis.

Les deux lui rendaient visite plusieurs fois. Il était vrai que lorsqu'ils le faisaient, ils paraissaient bien gardés par la crème de leurs gardiens, craignant de se heurter à leur rivale, et tous deux éprouvaient une attirance particulière pour cette femme énergique et courageuse, qui dédaignait leur sexe et douée d'une agressivité extraordinaire, elle n'avait pas eu peur de s'installer dans la ville la plus rude et la plus sauvage de toute la Californie, exploitant, en plus, les affaires les plus rudes et les plus compromettantes qu'on puisse imaginer.

Dans leurs conversations avec Agnès, les deux avaient été irréductibles. Leur vanité d'hommes armés ne pouvait pas transiger avec un pacte dénigrant, car ils avaient perdu la face avec leurs hommes et c'était plus dangereux que de subir une défaite par balle au milieu de la rue. Mais, comme les circonstances l'exigeaient, Foot sentit qu'il devait écouter les conseils d'Agnès et la consulter. Son pouvoir, son attirance et sa ruse de femme étaient des armes qui, bien maniées, pouvaient faire beaucoup pour résoudre le conflit.

Ainsi, un soir, entouré de ses six meilleurs hommes, Foot s'est présenté au tripot. C'était bondé de mineurs, de joueurs, de gagne-pain, de gens de haut rang dans la ville, et pour couronner le tout, animé par un chœur de jolies filles vêtues de façon provocatrice, qui étaient le meilleur crochet que "la beauté californienne" pouvait lui mettre. fil de pêche. clients de poisson.

Et pour cela, il ne faut pas négliger la beauté quelque peu automnale d'Agnès. C'était une très belle blonde, toujours au visage lisse et bien maquillé, propriétaire d'une paire de grands yeux noirs profonds qui savaient jouer avec la malice ou la naïveté, comme cela lui convenait le plus déterminée devant elle, et Elle était dotée d'un corps élancé et soigné, qu'elle rehaussait de robes judicieusement taillées aux tons de couleur, coupées pour mieux mettre en valeur sa personne, et possédait également une collection de bijoux précieux et accrocheurs qui brillait à la lumière des lampes à huile, la rendant plus attirante. sa silhouette.

Chose rare dans une ville aussi agitée et animée que celle-là ; une seule fois quelqu'un, un peu trompé, a tenté de s'approprier sa boîte à bijoux. Profitant d'une insouciance, il parvient à se glisser dans les appartements privés d'Agnès, où il se cache bien décidé à ne pas repartir sans le butin tant convoité.

Elle a dû se douter de quelque chose ou de quelque chose qu'elle avait inventé pour savoir si quelqu'un entrait dans ses chambres privées, car lorsqu'elle s'y retirait tranquillement et sans demander l'aide des hommes qu'elle avait à son service pour garder les lieux, elle s'est deux petits revolvers qu'il gardait toujours cachés dans ses poches et poussait la porte en écartant le pied.

Lorsque l'intrus, croyant qu'Agnès entrait, s'avança un revolver à la main pour l'intimider, elle se retrouva sans savoir comment avec deux onces de plomb sur la poitrine. Correctement dirigé, le voleur n'a duré que le temps de se rendre compte de l'erreur qu'il avait commise, puisque cinq minutes plus tard il était en mesure de figurer au recensement mortuaire de la ville.

Mais Agnès était une femme très raffinée, et elle ne se contentait pas d'éliminer calmement et courageusement le danger. Il avait besoin de le rendre public et de lancer un cri d'alarme à ceux comme celui-là qui pourraient être trop éblouis par l'éclat de ses bijoux, et appelant l'homme le plus digne de confiance qu'il avait dans le tripot, il ordonna :

« Billy, porte cette charogne et emmène-la là où tu trouveras un arbre avec de fortes branches. Accrochez-le dessus et posez ce papier sur sa poitrine pour que ceux qui sont curieux de le connaître puissent le lire.

Le journal dit brièvement :

"Elle a été tuée par Agnes Desher, 'California Beauty', pour avoir tenté de voler ses bijoux en pillant ses chambres."

L'annonce était saine. Le Golden Herald, le journal le plus diffusé de la ville, a repris l'histoire et l'a commentée à sa guise. Agnès était une institution à San Francisco et tout ce qui la touchait intéressait à la fois le quartier et la population flottante.

L'événement a été commenté sur tous les tons et dans tous les tripots et lieux de loisirs, et, comme elle l'a affirmé, c'était un avertissement énergique qui l'a empêchée de nouvelles tentations de pillage.

C'était l'intermédiaire que Foot avait choisi pour régler ses différends avec Fritt. Si elle le voulait "et était sûre qu'elle le ferait", elle pouvait organiser l'entretien avec sa rivale sur un terrain neutre, où aucune n'aurait à craindre l'autre.

Cette nuit-là, Agnès était dans sa gloire. Les tables fonctionnaient à pleine capacité, le comptoir-bar était rempli de clients qui buvaient sans taxe, et les autres tables qui occupaient le centre du joint étaient occupées par un public tellement encombré qu'ils avaient à peine de la place pour bouger, et si cela ne suffisait pas, le sénateur de l'État s'était senti heureux de visiter le joint et de courtiser galamment son propriétaire, bien qu'il soit un homme dans la soixantaine et bedonnant, dominé par l'asthme et quelque peu maladroit en marchant en raison de ses graves crises de rhumatisme.

Mais le sénateur était un pouvoir un peu théorique, mais un pouvoir à San Francisco, et Agnès ne dédaignait pas de le flatter et de l'accompagner, sûre qu'à tout moment elle le ferait craquer pour elle.

Quand il a vu apparaître Foot, il a souri d'une manière expressive, montrant entre le rouge peint de ses lèvres la neige immaculée de ses dents fines et bien soignées.

Lui faisant signe de s'avancer, il indiqua la table qu'il avait toujours réservée à ses amis, et Foot, s'avançant, ordonna à ses hommes de veiller et en même temps de ne pas le perdre de vue.

Agnès s'assit à côté du tireur, commentant :

Bonjour, Foot. Je n'ai pas vu ta jolie moustache depuis plus de trois semaines. C'est une humiliation pour ma personne suggestive et je vais devoir me plaindre de vous. Êtes-vous tellement occupé à envoyer des gens en enfer que vous n'avez pas le temps de rendre visite à un bon ami, ou avez-vous... peur de sortir à cause du froid de la nuit ?

« Un peu de tout, Agnès, pourquoi le nierais-je ? "Répondit le tireur en souriant cyniquement." Vous connaissez bien la météo à San Francisco et vous savez qu'à certaines heures, notamment la nuit, ce n'est pas très sain. Ma précieuse santé est très exigeante.

« A quoi servent tous ces beaux mecs qui t'accompagnent comme ton ombre ?

"Oh ! Contre un ouragan de plomb surgissant dans l'ombre de la nuit, tous les vêtements sont insuffisants. L'Empire des Ombres est génial, mais il a aussi ses inconvénients.

« C'est vrai. Alors comment oses-tu venir ce soir ?

"Parce que j'ai besoin de te parler.

Elle, le fixant, répondit :

« Ce ne sera pas pour ressusciter celui du chanoine opératoire ni pour me répéter encore que tu m'aimes bien, que tu formerais un partenariat avec moi et même que tu m'emmènerais à New York vivre en princesse orientale. C'est déjà bien dépensé, Foot.

"Taisez cette langue de vipère, Agnès", a répondu le tireur. Tu sais que tu es ma faiblesse et je t'ai exclu du paiement des prestations. Quant à l'autre, j'ai renoncé à te le répéter parce que je me suis convaincu que tu es un fruit trop vert pour se clouer la dent.

Malgré le fait que certains méchants assurent que je suis déjà trop mature ?

« Bien. Il y a des fruits qui, lorsqu'ils commencent à mûrir, donnent une sensation de dureté et vous en faites partie. Mais allons droit au but. J'ai quelque chose de plus important à vous parler.

« Ne me décevez pas, Foot ! "Elle a assuré en faisant un geste malicieux de dépit." Pour une femme qui aspire à toujours avoir des hommes à genoux et à leurs pieds, c'est une insulte. De quoi s'agit-il?

« J'aimerais vous parler tranquillement, » assura Foot en jetant un coup d'œil autour d'eux. " J'ai besoin de vous exposer une idée que j'ai mûrie et j'ai besoin de vos conseils.

« Ah ! Les femmes qui ont l'air jeunes, mais qui sont vieilles, ont généralement assez d'expérience de la vie pour conseiller les tout-petits imberbes comme vous, n'est-ce pas, Foot ?

"Ne sois pas cinglante, Agnès," répondit Foot. Votre instinct et votre sagesse n'ont rien à voir avec votre âge, mais avec ce que vous avez vécu et vu. Je ne me suis pas trompé sur tout ce qui vous concerne.

Sauf pour me faire l'amour. Vous savez que c'est un microbe qui ne trouve pas de place pour s'en prendre à ma belle personne.

« Ne criez pas victoire malgré tout. Si un jour il trouve une échappatoire pour mettre son poison en vous, ce jour-là vous serez perdu.

« C'est pourquoi je me désinfecte quotidiennement. Ici, c'est la clé de mes chambres. Comme je n'ai pas peur des critiques, montez à la galerie, ouvrez-vous et attendez-moi là-bas. Dans quelques temps je serai à tes côtés pour t'écouter.

Il lui donna une tape affectueuse sur le visage et se leva. Foot s'approcha d'un de ses hommes, échangea quelques mots à voix basse avec lui et disparut dans l'escalier majestueux qui, s'ouvrant en deux branches à droite et à gauche, conduisait à la galerie.

Ses gardes du corps montaient la garde près de l'escalier et Agnès, après avoir discuté avec le sénateur, qui avait décidé de mettre quelques dollars sur la roulette, monta à la recherche du tireur.

Il l'attendait, allongé paresseusement sur un divan quai à côté d'une petite table où il trouva une bouteille de whisky et des cigarettes. La douce lumière d'une lampe accrochée au plafond projetait ses reflets directement sur le visage de Boot, tandis que son revolver irradiait des reflets métalliques, placés presque à côté de la bouteille et à la portée la plus rapide de sa main.

Agnès le regarda profondément, essayant d'embrasser de son regard tout ce qu'elle pouvait lire dans les yeux noirs étincelants du tireur sauvage, cet homme aux lignes harmonieuses, à la taille souple et au visage serein, qui était l'une des plus grandes puissances de San Francisco. .

Et cette fois, elle le trouva différent des autres. Maintenant, il ressemblait à un homme fatigué et âgé. Ses yeux, toujours joyeux et un peu moqueurs, gardaient le même éclat, un éclat fiévreux, comme une dureté d'éclat qui le dénonçait comme un homme dur qu'il était, mais des rides profondes se marquaient sur son front, peut-être d'inquiétude, sinon c'était effrayant, et les coins de ses lèvres minces étaient esquissés en de légers plis qui semblaient lui avoir mis trois ou quatre ans de plus que lui.

Mais ce n'étaient que des détails vus à travers le regard inquisiteur d'une femme fine et trop observatrice. A part ces détails, il était encore l'homme viril, fort, flexible et dur, dans toute sa vigueur, qui continuait à maintenir l'hégémonie qu'il se proposait d'atteindre dans la ville, lorsqu'il y a un an il s'est égaré comme l'un des nombreux et qu'à force de courage, de férocité et de ruse, il a réussi à devenir le chef d'un des groupes les plus redoutables de la perle du Pacifique.

Il avait allumé un cigare et son verre de whisky était à moitié plein. Agnès s'assit effrontément en face de lui dans une attitude provocante et s'exclama ironiquement :

« Qu'arrive-t-il au bébé de San Francisco qui a besoin des conseils de maman Agnès ? Parle, poupée, et dis à maman qui te fait souffrir.

Il a ignoré les blagues épicées de "California Beauty" et a répondu :

« Je suis venu te voir parce que j'ai réfléchi à tes conseils, Agnès.

« Un effort trop terrible pour votre intellect, qui vous aura donné bien des maux de tête. Qu'est-ce que tu racontes? Je t'ai donné bien plus qu'une mère aimante, mais tu es tellement à toi que tu les as toujours méprisées. Que se passe-t-il maintenant que vous avez été obligé de méditer tard ?

« Il s'agit de Fritt.

"Ah ! Les choses ne vont pas très bien pour nous deux. Ce n'est pas comme ça ?

"Ne le faites pas. Ils ne vont pas bien, ou du moins je le pense. Cela ne signifie pas qu'aucun de nous n'a fait un pas décisif sur l'autre, mais je comprends que nous sommes à court et que nous réduisons nos forces avec des pertes positives sans décider du combat, et cela doit se terminer un jour.

"Comment?

« Je ne sais pas et c'est ce que j'ai besoin de savoir. Si nous sommes tous les deux une force positive à laquelle nous ne pouvons pas nous éliminer, nous devons faire quelque chose pour y mettre fin.

« Et que penses-tu pouvoir faire ?

« Mettez-vous d'accord sur un bon arrangement.

« Wow ! C'est déjà sorti. Combien de temps avez-vous perdu pour vous convaincre ?

« Beaucoup, c'est pourquoi j'aimerais essayer une autre voie. Je ne sais pas si Fritt sera convaincu que c'est le plus pratique et je veux savoir. C'est pourquoi je suis venu vous parler.

« Quelle est votre idée, Foot ?

« Un très simple. Vous avez autant d'amitié avec lui qu'avec moi. Essayez de le sonder pour voir quelle est sa prédisposition à parvenir à un compromis. Si vous pensez, comme moi, que le moment est venu de nous réparer, réparons-le.

"Sinon?

"Sinon... eh bien... je pense que je vais tout risquer pour une carte en le cherchant tel qu'il est pour qu'on finisse l'un des deux.

« Ce serait une belle fin après tant de combats que vous avez éliminés tous les deux, même si je ne le pense pas. Que devrais-je faire?

"Je ne sais pas. Donnez-moi une solution.

« Je vais essayer de vous aider parce que je vous apprécie tous les deux. Je vais demander à Fritt de venir lui parler. Si je vous vois en faveur d'un arrangement, j'organiserai un dîner et vous rencontrerai avec moi ici même. Vous parlerez sous la surveillance de mes revolvers, et si quelqu'un essaie de profiter de mon intervention amicale pour plus que parler, il devra compter sur moi.

« Pour ma part, je m'engage à respecter votre neutralité.

« Je vous fais confiance. Avez-vous une solution en tête ?

"Non. Je vais devoir le faire. Je n'étais pas sûr...

"Cela n'a pas d'importance. Étudiez-le pendant que j'étudie quelque chose, et s'il apporte aussi ses idées, peut-être que quelque chose d'acceptable en sortira.

« Veux-tu le prévenir que nous nous rencontrerons tous les trois ?

"Ne le faites pas. Je ne veux pas m'exposer à venir avec des gens prêts à faire plus que discuter. Je vais le surprendre avec l'invitation, mais je vous prie d'être prudent.

"Ne vous inquiétez pas, je le ferai.

« Dans ce cas, je pense qu'il n'y a plus à parler de cette affaire pour l'instant. Je vous enverrai un message annonçant la nuit et l'heure de la réunion.

Il s'est levé flexible et agile, en disant:

« Je vous suis très reconnaissant, Agnès. Tu es une femme merveilleuse. C'est pourquoi tu t'es intéressé à moi, parce qu'un homme comme moi a besoin d'une femme comme toi.

« Mais je n'ai pas besoin de ces complications. Mon indépendance est si sauvage que je doute qu'il y ait un homme qui puisse la supporter. S'il y avait... je pense que ça me montrerait autant amoureux de lui qu'une écolière.

Ils rirent tous les deux à la déclaration et lui, s'approchant, osa l'embrasser. Agnès a déclaré :

« N'espérez pas trop à ce sujet. C'est une denrée que je prodigue et non qui se dépense, mais cela ne veut rien dire. Faites attention en vous retirant, l'air de la nuit est très mauvais.

Et il descendit avec lui dans la salle pour le remettre à ses gardes.

CHAPITRE II

TRAITÉ DE PAIX

Deux jours plus tard, Foot a reçu un avis de "La Bella Californiana" afin que ce soir-là, à dix heures, elle se présente au joint. Il lui a recommandé d'entrer directement par la porte attenante, indépendante de la principale, et de se rendre directement dans leurs chambres, en gagnant l'échelle qui y menait.

Il lui a également recommandé de retirer discrètement ses hommes et de ne pas se présenter une minute avant l'heure fixée.

Foot n'a retenu aucune embuscade d'Agnès. Il pensait qu'il la connaissait bien pour la connaître fidèle, à part le fait qu'il était personnellement intéressé à l'être.

Fritt, à son tour, avait reçu la même invitation, mais une demi-heure plus tôt. Elle ne voulait pas que les deux hommes se rencontrent avant de pouvoir les contrôler, puisque Fritt ignorait les manœuvres de son concurrent et du propriétaire du joint.

Fritt était très intrigué par l'invitation, mais il connaissait la nature quelque peu impénitente d'Agnès et son intérêt à s'entendre avec lui. Pour cette raison, il répondit qu'il acceptait de dîner en sa compagnie et qu'il viendrait à l'heure fixée.

Lorsque Fritt arriva au tripot, et par le même chemin indiqué à son rival, il atteignit les salons privés de « La Bella Californiana », il se sentit quelque peu perplexe. Une somptueuse table était dressée avec des nappes blanches et propres, de la porcelaine brillante et des gobelets en cristal clair. Agnès, après l'avoir salué amicalement, lui indiqua un siège et il commenta :

« Vous fêtez votre anniversaire, Agnès ?

"Non, chérie. C'est une date que j'essaie d'oublier autant que je peux. Les années sont le seul ennemi que je crains et j'essaie d'oublier qu'elle existe.

« Alors, ce dîner intime, à quoi obéit-il ?

« Beaucoup de choses que je trouve intéressantes, Fritt. Je ne fais jamais les choses pour les faire sans un but justifié. Asseyez-vous et servez-vous quelque chose, nous ne tarderons pas à commencer le dîner.

Il se laissa tomber dans un fauteuil confortable et se versa du whisky. Agnès lui jeta un coup d'œil pour essayer de deviner ses réactions, mais Fritt était un homme hermétique et froid, aux yeux duquel il était toujours très difficile de lire ce qu'il pensait.

C'était un gars très attirant en tant qu'homme. Grand et souple, il portait avec une élégance raffinée sa large redingote couleur noisette, son gilet fantaisie croisé à la poitrine par une épaisse chaîne dorée, sa chemise de soie blanche, impeccable, avec un large plafond marron et au centre un énorme losange en le milieu. forme fer à cheval, son pantalon gris clair et ses bottes cirées. Sous sa redingote, il portait une ceinture étroite à laquelle pendait à demi caché un poulain à six coups.

Il termina le whisky et, en fixant ses yeux sur la table, il fut tendu en voyant qu'il y avait de la place pour trois.

« Qu'est-ce que cela signifie ? Avez-vous des invités ?

« Oui ; mais ne vous inquiétez pas. Vous ne penserez pas que j'essaie de vous tendre un piège.

« Si je l'avais pensé, je ne serais pas venu.

« Dans ce cas, j'espère que vous êtes calme et que vous ne commettez aucune sauvagerie. Ma maison est un terrain neutre dans lequel tous ceux qui entrent sont en sécurité.

"Que veux-tu dire par là?

« Que, même si j'avais invoqué votre pire ennemi ici, vous pourriez avoir la garantie que rien ne se passerait.

« Tu veux t'expliquer clairement, Agnès ?

« Je vais m'expliquer, car il est environ dix heures et je ne veux pas que vous subissiez une surprise qui pourrait déséquilibrer vos nerfs. L'invité manquant est Foot.

Fritt se leva violemment, mais elle, avec un regard froid, le retint en disant :

"Voulez-vous être tranquille? Je vous ai assuré qu'il ne se passera rien... du moins ici. Maintenant, je vais vous dire autre chose; je vous ai convoqué tous les deux parce que je comprends qu'il est temps pour vous de exprimez-vous et réglez vos différends le plus amicalement possible. Vous vous dévorez en vain et c'est stupide. Je ne pense pas qu'avec de la bonne volonté il soit difficile de s'entendre.

Fritt demanda ironiquement :

« Qui a fait allusion à ça, Foot ?

"Non. C'était moi. Je lui ai dit l'autre soir et il a semblé y réfléchir beaucoup, mais il a répondu qu'il ne pouvait pas trouver de solution tout seul; au lieu de cela, il a accepté de discuter de la question avec C'est pourquoi je me suis permis de vous retrouver tous les deux pour le dîner, j'espère qu'une bonne digestion vous rend un peu optimiste.

– Eh bien, je vous remercie de votre bonne volonté ; Mais tu te rends compte de ce qui peut arriver s'il sait que je suis là alors que je ne savais pas qu'il venait ?

«Je me rends compte de tout, mais avec ces appréhensions, cela ne mène nulle part. Vous ne me croirez pas si bête que je joue ma peau en commettant une trahison qui ne m'apporterait aucun bénéfice. Ni vous ni lui ne pouvez rien faire car j'ai pris mes précautions. L'un de vous partira d'ici le premier, escorté de quatre de mes hommes qui n'hésiteront pas à utiliser le revolver au moindre soupçon de trahison, et l'autre partira de la même manière.

« Après qu'ils vous auront laissé dans vos repaires, je me laverai les mains de ce qui pourrait arriver, bien que si vous avez un peu de bon sens, vous partirez d'ici avec un engagement qui profite à vous deux. Je pense qu'au lieu d'être méfiant, il faut penser à une formule d'arrangement. C'est plus pratique que tout ça.

Fritt se tut et elle se mit à la tâche de finir la table en ordre.

Peu de temps après, la servante noire qui le servait ouvrit la porte pour annoncer :

« Madame, M. Foot est là-bas.

« Dis-lui de passer.

Fritt se leva, le bras raide au cas où un danger se présenterait. Agnès, comme si elle ne l'avait pas vu, se plaça devant lui, face à la porte.

Foot semblait tendu et regarda autour de lui. Lorsqu'il découvrit son rival, il attendit à la porte et Agnès, souriant, dit :

Entrez, Foot, et n'ayez pas peur. Nous sommes entre amis.

Il s'est avancé. "La beauté californienne", étendant ses bras bien formés un à chacun des deux hommes armés, a ordonné :

« Vos revolvers. Comme il n'est pas poli de dîner avec des armes à portée de main, veuillez me les donner. Nous dînerons avec plus de tranquillité et il n'y aura aucune crainte que l'un d'eux s'éteigne. Quand vous partirez, je vous les rendrai.

Foot obéit le premier et rendit le revolver. Fritt a emboîté le pas.

Elle les enferma avec une clé dans un tiroir et, désignant leur place à table, ajouta :

"Et maintenant, dîner sans plus de soucis. Après le dîner, nous parlerons de ce qui est pratique ou pas pratique à faire, mais à tout le moins, ne rendez pas mon dîner amer.

Ils prirent tous les deux leurs places et la femme noire commença à servir la table. Jusqu'à la fin, Agnès commentait seule la situation, la stérilité de ce combat entre les deux colosses, qui bien protégés ne pouvaient pas se vaincre, et, enfin, combien il serait bénéfique pour tous les deux de trouver un point d'accord pour cesser le combat et pouvoir jouir de son hégémonie avec plus de tranquillité et de meilleurs revenus.

"Comme vous le comprendrez", a-t-il ajouté, "je me fiche de votre rivalité, car je ne gagne ni ne perd avec elle. Je suis en marge de vos luttes, parce que par galanterie ou autre, je suis au milieu de la rue de San Francisco comme une île entourée d'eau de toutes parts. Si je m'étais vu coincé dans la houle de cette mer orageuse où vous vous agitez, vous auriez dû compter sur moi, car, quoique femme, j'ai assez de courage pour ne me laisser envahir par personne.

"Pour cette raison même, et parce que je vous apprécie tous les deux, c'est pourquoi je vous demande d'être raisonnable et pratique. Un oiseau en main vaut mieux que cent en vol, et si vous n'avez pas encore voulu réaliser une réalité, je vous le dirai. Les gens des tripots en ont assez d'être assiégés par l'un et l'autre.

Bien qu'à contrecœur, ils soient prêts à vous aider de manière sensée, comme un moindre mal, mais si vous essayez de les anéantir deux fois, le jour viendra où vous les aurez devant vous et les choses deviendront trop moche pour tout le monde. Par conséquent, je vous prie de mettre de côté l'orgueil et d'être pratique. Je crois que sans s'humilier, il ne sera pas difficile de se mettre d'accord.

Aucun n'a répondu. Les deux réfléchissaient à leurs recommandations et cherchaient une formule qui leur serait bénéfique sans abandonner de manière humiliante.

Lorsque le café et le rhum furent servis après le dessert, Agnès ordonna de soulever les plats et, allumant une cigarette, après leur avoir offert des cigares, elle dit :

"Eh bien, qu'avez-vous à répondre?

Les deux se regardèrent. Fritt fut le premier à répondre :

« Je ne sais pas, Agnès, je trouve ça difficile.

« Et toi, Foot ?

"Je ne sais pas. Tout ce que je peux admettre, et c'est déjà concédé, c'est que nous divisons les revenus également.

Fritt intervint :

« Ce n'est pas aussi facile qu'il y paraît, Foot, même si je l'ai accepté. Quel est le revenu et qui va le percevoir?

"Nous tirerions au sort", répondit Foot.

« Cela ne me convient pas... ni à toi. On se méfierait les uns des autres de la fidélité au casting et à la collection. Il y a toujours moyen de tricher.

« Oui. Un peu dangereux, mais vous pourriez le prouver.

« Je ne sais pas... je ne suis pas convaincu... il est pauvre.

Agnès, qui les regardait d'un air moqueur, intervint :

« Eh bien, je vois que vous n'êtes bon qu'à tirer un revolver et à tirer, mais sinon, vous avez très peu de valeur sous vos cheveux. Je vais vous donner la solution et je pense qu'il n'y a rien de mieux. Si vous ne l'acceptez pas, vous vous révélerez être deux citrouilles.

» Par un coup de chance, mon joint est au centre de la ville et au centre de cette rue. C'est comme une épée qui la coupe en deux. Eh bien, la solution est que l'un de vous sera propriétaire de la moitié de la ville et l'autre propriétaire de l'autre moitié. D'ici en bas pour l'un et d'ici en haut pour l'autre. Ce que vous obtenez de vos fiefs dépend de votre organisation, sans que l'autre n'intervienne, et ainsi, n'ayant à payer qu'un seul, les propriétaires de locaux se sentiront plus sereins, sachant que l'ajustage sera la seule chose qu'ils auront à faire. débourser.

» Pour qu'il n'y ait pas de contestation, vous tournerez la tête et la queue pour voir qui correspond à tel ou tel secteur et une fois convenu, promettez solennellement de ne pas vous mêler là où cela ne vous correspond pas. Les bagarres seront évitées, vous pourrez alterner sereinement entre l'un et l'autre et les bénéfices seront nets et sans complications.

» Si vous n'aimez pas la solution, puisque vous n'avez pas de meilleure solution, vous pouvez vous lever et vous préparer à partir. J'en ai déjà assez fait pour votre cause et je laisserai chacun de vous chez vous. Si après le temps vous avez complètement défait, cela m'importera très peu, parce que vous l'avez voulu ainsi.

Les deux se regardèrent. En fait, c'était une bonne formule, dans laquelle l'estime de soi de chacun n'était pas abaissée.

Foot a répondu :

« Fritt a la parole.

« Si vous acceptez, je suis prêt à l'accepter.

— Dans ce cas, ne parlez plus, Fritt. Je pense que c'est la solution la plus viable. Vous représentez une force et moi une autre, puisque nous avons eu le pouvoir d'éliminer la concurrence de moitié, il est juste que nous en profitions à moitié.

Fritt remplit leurs verres et en offrit un à Agnès et un à Foot. Il leva le sien et proposa :

« Par l'ingéniosité d'Agnès, qui est la femme la plus merveilleuse et la plus rusée que j'aie jamais rencontrée.

« Pour elle et pour sa postérité.

"Pour votre réconciliation," dit Agnès.

Ils ont mis leurs verres ensemble et les cristaux ont vibré lorsqu'ils sont entrés en collision. Une fois le contenu complété, Foot indiqua :

« Tu lances la pièce, Agnès. Laissez Fritt choisir.

Elle sortit une pièce d'or de son sac à main et la tint à la lumière de la lampe. Il a ensuite dit:

« Quand c'est dans l'air, demandez. Faites face à la partie sud et traversez la partie nord.

"Cara," dit Fritt.

La pièce est tombée pile. Elle a déclaré :

« Le nord pour Foot et le sud pour toi. Es-tu satisfait?

« D'accord ; ne parlez plus.

« Alors, serrer la main et être de bons amis. Il y a beaucoup de terrain à exploiter et beaucoup d'avantages pour les deux. L'arrangement fera beaucoup parler, mais les gens l'accepteront sans réserve et vos hommes n'auront pas à s'entretuer à chaque coin de rue comme maintenant.

Les deux hommes ont tendu leurs mains rugueuses et les ont serrées fermement. Il semblait que le pacte était sincère et que tous deux étaient satisfaits de cette solution, qui leur laissait un grand répit.

« Maintenant, ajouta Agnès, informez vos hommes. Où les as-tu laissés ?

Pied a déclaré :

« Je n'ai emmené avec moi que Fred Prestley, mon deuxième. Il sera au bar.

« J'ai aussi amené mon deuxième, Frank Wymen, et il marchera dans la rue.

« Alors, descendons ensemble au bar. Je ferai venir Frank pour qu'il se joigne à vous et prenne les nouvelles.

Il les prit par le bras et sortit sur la galerie descendit dans le salon. C'était quelque chose qui suscitait la plus vive curiosité de voir "la Belle Californienne" avec eux par le bras, et, surtout, de voir les deux hommes armés ensemble et souriants.

Fred ne voulait pas croire ce qu'il voyait et se frotta les yeux. Foot le devança en disant :

« Fred, serrez la main de Fritt, nous avons signé la paix dans un accord bénéfique. A partir de ce moment, la ville est divisée en deux secteurs ; d'ici en haut de notre complètement, et d'ici en bas, de Fritt. Vous informerez les garçons et les avertirez de ma part que quiconque ne respectera pas l'accord et en fera trop devra traiter avec moi.

Fred accepta à contrecœur l'invitation et serra la main de Fritt. A cet instant, le second de celui-ci, apparut dans le bar et montra la même étrangeté.

Fritt a expliqué l'arrangement, et Frank a semblé l'accueillir avec plus d'enthousiasme. Il en avait marre de risquer sa vie tous les jours sans un moment de calme qui lui permettait de profiter de ses gains avec une relative facilité.

Cette nuit-là, les quatre se sont alternés dans les locaux pour célébrer le pacte et à l'aube ils sont partis, confirmant leur volonté de le réaliser.

A la porte, ils se séparèrent, chacun prenant une direction différente. Quand ils furent hors de vue, Fred, qui avait ses réserves mentales, demanda :

« Pensez-vous vraiment que le crapaud respectera cela ?

« Oui, je le sais, Fred. Lui, comme moi, en a marre de ce combat sans profit. Il viendra un moment où nous ne trouverons plus d'hommes qui voudront se joindre à nous, peu importe à quel point nous les rémunérons. Vous connaissez le malaise de se lever sans savoir si l'on pourra s'allonger, en sautant toujours pour tuer, le revolver à la main et sans deviner d'où va venir la mort.

Maintenant, au moins, chacun de nous se consacrera à piller sa part, et nous en serons les maîtres. En n'alternant pas à l'opposé et en ne rentrant pas dans ce que fait le rival, les plantages seront évités. Si vous vous battez pour quelque chose, ce sera entre vous, et ainsi nous pourrons organiser plus durement la collecte de nos bénéfices.

« C'est bien, tant que quelqu'un ne perd pas son sang-froid et ne se dérègle pas. Je pense que le pire est venu pour lui, car dans le sud, il y a de meilleurs endroits qui peuvent payer des frais plus élevés. Il aurait dû choisir le sud.

«Nous l'avons tiré au sort, ce qui était la chose logique à faire.

« Eh bien, maintenant, à qui revient le travail de faire sortir le jus de « La beauté californienne » ?

"A personne. C'est un terrain neutre.

"Pourquoi cette concession ? Agnès gagne beaucoup et a dû payer. C'est quelque chose que nous perdons.

« Vous ne perdez rien. Quelque part, la division devait commencer. Si cela avait été au tour de Fritt, ce serait pour lui. Aussi, grâce à elle, on en est arrivé là. Laisse Agnès tranquille.

Fred ne dit rien, mais mordilla sa fine moustache. Il détestait Agnès, parce qu'il avait vanté certaines concessions de sa part que même son propre patron ne pourrait jamais obtenir. Ce mépris d'une femme pour un homme de courage comme lui, et aussi de bonne forme, ne le satisfaisait pas. Elle avait obtenu des faveurs sans entrave de la part d'autres personnes beaucoup plus jeunes qu'elle, et elle n'acceptait pas l'échec.

Mais sachant que Foot ressentait pour Agnès une faiblesse étrange et sentimentale qui la mettait sous sa protection, il n'osa pas renforcer ses protestations.

De toute façon, ce serait quelque chose qu'il ne laisserait pas mort. Il était têtu en bon Texan et il nourrissait ses projets d'avenir, des projets que ce pacte avait peut-être retardés, car il avait toujours espéré que, si Foot tombait au combat, il pourrait être nommé son remplaçant, car il était le plus dur, cruel et audacieux de la bande.

Dans une certaine mesure, il était heureux que le fief inaltérable de la « beauté californienne » n'ait appartenu à personne. C'était un endroit neutre à visiter sans appréhension, et comme il n'avait rien pu obtenir d'Agnès, il y avait là quelque chose qui l'intéressait aussi ; C'était Betty, "La Rubia", la principale attraction du lieu; une jeune fille d'une vingtaine d'années, gracieuse, jolie et séduisante, qui se démarquait avant tout de la distribution.

Il l'aimait extraordinairement et bien qu'il ne semblait pas prêter beaucoup d'attention à sa courtoisie, il avait l'intention de l'assiéger jusqu'à ce qu'il ait surmonté sa résistance. Deux échecs d'affilée au même endroit, ce n'était pas quelque chose dans lequel il était prêt à s'intégrer.

Désormais, libre d'ennemis et de soucis, il se consacrerait à resserrer le siège plus vigoureusement, et si "la Blonde" lui résistait, il lui montrerait comment il savait comment gérer les femmes guindées et hostiles.

CHAPITRE III

UN TROISIÈME EN DISCORD

Le but idéal pour tous les aventuriers de l'Ouest américain, mais pas pour les aventuriers doux et timides qui rêvent de faire fortune de manière douce et mesurée, était San Francisco. Ils n'avaient rien à faire sur la côte sauvage, si ce n'était pour se retirer du chemin des audacieux, et en ce sens ils pouvaient récolter peu des pauvres miettes qu'on leur laissait comme méprisables.

L'homme qui s'aventura dans la ville des collines savait, peu importe le peu qu'il connaissait le climat qui y régnait, qu'il s'exposait à beaucoup s'il voulait profiter de son attaque, et ainsi, ceux qui entraient dans la rue poussiéreuse tous les jours. de San Francisco n'ignoraient pas que leur vie ne valait que ce que le hasard voudrait lui valoir, car à chaque coin, à chaque porte de tripot, à chaque table de poker ou de roulette, la mort montait la garde soucieuse d'avoir sa part dans le zarabanda d'égoïsme et de passions débordantes.

Personne ne craignait la loi, là où la loi était un mythe. Chacun portait le sien à la taille et tout dépendait de la façon dont il savait l'appliquer et à quelle vitesse il était victorieux.

Des hommes comme Foot et Fritt étaient presque communs dans la ville, comme beaucoup d'autres, dont les noms nécessitaient trop d'espace pour être énumérés. Pendant le temps que dura l'empire de l'or dans la Perle du Pacifique, ils se renouvelèrent avec une fréquence inhabituelle, car la mort se chargea d'accélérer le nettoyage de leurs rangs pour faire place à ceux qui affluaient, heureux de pouvoir couvrir leurs rangs.

Peut-être que la seule note décente qui a pu être trouvée était que des vols, des bagarres et des morts ont eu lieu, à quelques exceptions près, parmi cette foule. C'était un nid de serpents qui se dévoraient les uns les autres, et ils ne le faisaient pas par gentillesse, mais parce que pour leur vanité de voyous et d'hommes rudes, ce n'était pas une auréole de tuer un misérable sans courage ni courage pour leur faire face. « Tuer leur homme », comme ils disaient dans l'argot tragique de la ville, c'était en supprimer un autre aussi brave, rapide et audacieux qu'eux. Il s'agissait en effet d'une affiche à étaler en guise de trophée pour imposer le respect à ceux qui, se faisant passer pour des voyous, pouvaient montrer leur visage.

Après un mois de pacte tacitement conclu entre Foot et Fritt, une période de calme relatif semble régner à San Francisco. Cela ne signifiait pas qu'il n'y avait pas de bagarres et que les poulains n'aboyaient pas sinistrement la nuit, mais tout se résumait à des querelles isolées, des rencontres fortuites ou des disputes causées par l'excès d'alcool ou l'intérêt dérivé des tables de jeu.

Les membres des deux gangs, respectant les ordres supérieurs, s'étaient limités à développer leurs activités dans les domaines assignés à chacun. On a essayé de réparer le gâchis des impôts des locaux pour éviter les rébellions et tout a semblé se dérouler aussi bien.

Fred, le second de Foot, avait profité de la trêve pour se rendre plus régulièrement chez Agnès. Plus libre du travail et sans avoir besoin de prendre des précautions extrêmes pour défendre sa vie, il se livra à une existence de plaisir et d'aisance qui jusqu'alors lui avait été interdite.

Et son effort le plus déterminé était de rendre le mépris maussade et accentué de Betty, « la blonde ». Sa vanité d'homme capricieux, gâtée par presque tous les misérables qui consumaient leur pauvre vie dans les tripots, n'était pas d'accord avec ce traitement méprisant, et usant d'une glu qui faisait friser la fille, il l'assiégeait de toutes les nuances, même pour insinuer des menaces de violence s'il n'acceptait pas leurs revendications.

Il était si têtu que la jeune femme se rendit chez Agnès. Il savait la prépondérance que celle-ci avait acquise auprès des deux coqs de la ville et espérait qu'une pression d'elle sur Foot forcerait son second à s'abstenir et à être plus retenu.

Agnès l'écouta avec bienveillance et répondit :

« Si vous n'aimez pas Fred, je ne devrais pas vous le conseiller. J'ai été très libre de choisir mes amours dans la vie et je n'ai pas non plus cédé aux menaces. Si vous ne voulez pas être convaincu que vous perdez votre temps, je veillerai à ce que vous compreniez.

Jusqu'à une nuit, Agnès a été contrainte d'intervenir en faveur de la jeune fille. Elle était un atout précieux pour son articulation, et elle était gênée et nerveuse quand Fred était dans le salon et qu'elle devait travailler.

Et comme cela nuisait à ses intérêts car la jeune fille ne servait pas la clientèle avec le plaisir et le dynamisme nécessaires, il perdit patience et s'adressant au tireur, il s'affronta devant lui en disant :

Écoute, Fred ; Le fait que vous soyez l'homme de main de mon ami Foot ne vous donne pas le droit de vous mêler des affaires de mon établissement. Je t'ai donné le temps de te convaincre que Betty ne veut rien de toi et il est temps que ça te rentre dans la tête. Tu la rends nerveuse, tu me rends et tu nous fais du mal à tous les deux dans notre intérêt. Convainquez-vous que vous n'avez rien à faire là-bas et allez au diable tout de suite, mais ne vous en faites pas.

Fred ne pouvait pas admettre qu'une femme le traiterait avec une dureté aussi humiliante et il remua de colère en répondant :

« Ne te donne pas trop d'importance, Agnès. Tu te prends pour la reine de San Francisco parce que Foot est trop stupide pour se laisser dominer par toi, et si tu penses que je suis comme lui, tu te trompes. Mords ta langue et ne me menace pas, car ils vont t'alourdir.

Elle, sans se décourager, le regarda droit devant elle et répondit :

« C'est toi l'idiot et tu ne t'en rends pas compte. Ni avec l'amitié de ton patron ni sans elle, je consens à quiconque essaie de m'imposer dans ma maison, et ne me regarde pas comme ça, car tu as une douzaine de revolvers pointés sur toi et sur un signal de moi ils vont vous tirer dessus. Betty ne veut rien de plus que te perdre de vue, et si tu veux continuer à fréquenter ma maison, tu ferais bien de la laisser tranquille. Ne me forcez plus à demander à Foot de vous interdire de venir ici. Je n'aimerais pas vous faire cette humiliation, mais si vous m'y forcez, je n'hésiterai pas, car je suis plus qu'une femme vulgaire, même si vous croyez le contraire. Si des hommes comme Foot et Fritt m'ont donné de l'importance, vous en avez trop peu pour me la prendre.

Fred était violet à la réprimande méprisante lancée à haute voix devant la clientèle. Il avait une folle envie de dégainer son revolver et de faire taire cette langue acérée qui le blessait comme un couteau, mais il ne dédaignait pas l'avertissement. Huit hommes durs et tendus à une distance de sécurité formaient un demi-cercle menaçant, et il savait que peu importe à quel point il maniait le poulain rapidement, il ne ferait que se tuer, même s'il emmenait la femme hideuse.

Se mordant les lèvres de colère, elle hurla :

«Je suis très libre de courtiser qui je veux, puisque cela ne vous appartient pas.

« Ce sera à l'extérieur de mon établissement, mais à l'intérieur, non. Tu m'agaces et tu me fais du mal et j'ai un business pour l'exploiter et non pour te faire plaisir. Renseignez-vous et ne m'obligez pas à prendre des mesures contre vous.

Exaspéré, le tireur a répondu :

«Je vous préviens que Foot n'est pas le croque-mitaine, du moins pour moi, il me sert et je le sers et il ne peut que s'impliquer dans les choses de nos affaires. En dehors d'eux, je suis libre de faire ce que je veux et ce que je veux. Si ça te semble bon comme ça, ravie, et sinon... ce sera comme je veux.

« Ne te vante pas autant, Fred. Votre patron ne vous laissera pas faire votre caprice parce que vous le voulez. Ne sois pas idiot.

« Ni lui ni personne d'autre ne m'empêchera de le faire, si c'est mon caprice. Là où un homme peut en mettre un autre, et si j'ai été à ses côtés jusqu'à présent, ça n'aura pas été un lâche.

« Cela m'importe peu, Fred ; mais ne tirez pas trop sur la corde. Vous avez l'habitude de faire beaucoup de choses et vous pensez qu'elles sont toutes faciles. Je suis un écrou très dur à casser.

« Vous êtes vaniteux. Des aventuriers comme vous sont venus ici en masse et ont duré aussi longtemps que nous le voulions.

«Jusqu'à mon arrivée, et certains hommes idiots comme vous, ils ont duré moins longtemps. Lorsque vous viendrez ici sur un autre plan, je serai heureux de vous recevoir et même d'oublier votre impolitesse. Je ne peux pas vous demander de vous comporter comme un sénateur, car il y a certaines choses qui ne peuvent être accomplies qu'en étant né deux fois, mais je vais exiger que vous laissiez tout ce qui m'entoure. S'il te plaît, vas-y... au moins pour ce soir. Peut-être que l'air frais vous calmera un peu et vous fera voir les choses d'un autre point de vue.

Et si je ne voulais pas partir, que se passerait-il ?

« Ne me le demande pas, Fred. Ce serait embarrassant pour toi si je te le disais, et je te crois avec bon sens de me connaître. Je te supplie d'y aller, et ça suffit.

Il comprenait ce qu'elle voulait dire. Ces huit gars qui ne le perdraient pas de vue le forceraient à partir d'une manière ou d'une autre. Il valait mieux le faire de son plein gré et ne pas mener à quelque chose qui n'aurait pas de solution facile.

Et se levant de table avec colère, il jeta une poignée de dollars sur le plateau et quitta les lieux.

Pendant plusieurs jours, il resta sans aller au tripot. Agnès s'en est rendu compte et a jugé que la menace avait été suffisamment forte pour imposer le respect au tireur. La force de son patron n'était pas discutable sans trahison et il avait de nombreuses personnes qui le défendraient si elle explosait par l'un de ses composants, même si c'était Fred.

Par conséquent, il n'a pas pris la peine de signaler l'incident à Foot avec son second. Il craignait que cela ne conduise à une amère dispute entre eux et il voulait l'éviter avec sagesse.

Mais une semaine plus tard, Fred, qui avait bu plus que nécessaire dans d'autres bars en collaboration avec ses compagnons, sentit l'attirance que Betty continuait d'exercer sur lui et oubliant sa dispute avec Agnès et dédaignant sur le coup ce qui pourrait arriver, il décida retour au tripot de «La Bella Californiana».

Mais cette fois, sa présence était plus dangereuse. L'alcool l'encourageait à outrance et Fred était un homme qui, ivre, manquait de tout contrôle.

Et ainsi, les yeux en feu et l'envie de se battre dans le sang, il apparut dans la salle quand elle était plus animée et que son propriétaire s'attendait moins à un incident qui troublerait la paix qui régnait depuis quelques jours dans son établissement.

Le hasard a des caprices parfois comiques et parfois dramatiques. Cette fois, en phase avec l'ambiance de la ville, il a eu un caprice assez dur et celui-ci avait un nom : Stuart Sterling.

Stuart était le type d'aventurier à cent pour cent, pour qui le monde était un espace si insignifiant que ses dimensions étaient trop étroites pour lui.

Au cours de ses vingt-huit années de vie exubérante et mouvementée, il avait parcouru des milliers de kilomètres d'environnements palpitants, étudiant les coutumes, tirant des leçons et s'ennuyant sans pouvoir l'éviter, car les émotions subies pendant tout ce long exode ne pouvaient pas remplir la mesure. de ses désirs et il a continué à chercher le climat chauffé à l'impossible qui le laisserait satisfait à la fois de se retirer dans une vie paisible après avoir parodié la phrase "Je suis arrivé, j'ai vu et j'ai vaincu".

Il avait piloté des péniches sur le Mississippi, combattu sauvagement dans les cafés et les tavernes du port, pourchassé le bison le long de l'Ohio, conduit des diligences sur les routes de l'Est, combattu avec les Indiens dans les plaines centrales conduisant des caravanes sur la route de Santa Fe, officié comme un homme bon (et dire bien voulait dire fort pour imposer le calme) dans les pires tripots de San Antonio et Austin, il extrayait le sel des mines de Humboldt et l'or de celles de Virginia City, et lorsqu'il atteignit le rude San Francisco, et le climat favorable pour y gagner de l'argent, il fourra la poudre d'or qui faisait toute sa fortune dans un sac de toile, passa en revue son double jeu de revolvers avec quelques encoches fantaisistes dans leurs crosses noircies, et parcourut le cours de la côte sauvage prêt à s'y faire remarquer. , car sa plus grande vanité était de ne passer inaperçu nulle part.

Au fond, Stuart était un homme naïf, endurci par la vie, avec un esprit qui avait un mélange de bien et de mal, qui selon la façon dont le précipité était agité, explosait d'une manière ou d'une autre.

Parallèlement à des actions dures comme le roc, il a eu des accès de romantisme étranges. Une fois, il avait combattu férocement avec dix Indiens qui l'entouraient. Fort de son courage, de son adresse au tir et de son habileté, il a réussi à abattre six, puis a chargé les quatre autres, les blessant et leur tirant les cheveux alors qu'ils respiraient encore, une action qui le mettait au même niveau que les Peaux-Rouges. Cependant, parmi les blessés, il y avait un garçon d'environ quatorze ans qui, bien qu'il se soit battu avec acharnement avec lui, l'accusa d'être encore un enfant.

Indifférent, il le guérit du mieux qu'il peut, le porte sur son dos et, s'exposant aux tirs de flèches de sa tribu, l'emmène dans la tribu et le laisse près des « tipis », retournant à son point de départ. On pouvait compter des centaines de ces traits, et pour cette raison il était très difficile de le classer dans une section générale entre bon et mauvais.

Lorsqu'il arriva à San Francisco par un matin ensoleillé et joyeux, il était ravi de contempler le gaspillage d'or que le roi des étoiles déversait sur la splendide baie, et il se dit à la perspective que cela valait la peine d'y vivre, même si ce n'était qu'une courte étape.

Il était tellement absorbé par la contemplation de la mer qu'il se tenait tendu devant le brise-lames avec les bagages gonflés à terre à côté de lui et ses pupilles brillantes fixées sur ce magnifique tableau.

Cela l'empêchait de réaliser à temps quelque chose de fondamental pour lui. L'un des nombreux ratés indésirables qui pullulait dans la ville, le découvrit, et le voyant seul, bien habillé et avec ce bagage prometteur, n'hésita pas à lui faire un accueil assez désagréable. Il s'approcha prudemment de lui par derrière et appliquant le canon de son revolver à sa taille, il ordonna :

«Continuez à regarder la mer à votre guise et ne bougez pas. Je vais alléger votre poids pour que vous puissiez marcher plus à l'aise plus tard.

Stuart ne prit pas la peine de tourner la tête. Avec un calme parfait, il répondit :

"Eh bien mon ami, ça s'appelle se lever tôt pour m'accueillir. Qu'est-ce qui t'intéresse chez moi ?

« Tout cela en vaut la peine.

« Oh ! La meilleure chose à propos de ma personne, c'est moi. Êtes-vous intéressé?

« Absolument. Rien que l'argent, les bagages et le revolver.

« Vous avez tort de mépriser ma valeur, mon ami. S'ils devaient me facturer dépouillé de tout ce qu'ils me demandent, cela vaudrait bien plus que ce qu'ils ont l'intention de prendre. Vous trouverez mon argent dans mon portefeuille, ici autour de ma taille j'ai un sac noué avec quelques kilos de poudre d'or, mon poulain est là. Prenez-le de la manière qui vous semble la plus confortable et la plus sûre pour vous.

L'indésirable a essayé de lui arracher le revolver dans le dos et a tendu la main pour retirer l'arme. À ce moment-là, Stuart, tombant au sol, tira sur le bras et entraîna le voleur. Il s'est retourné, tombant sur le côté et bien qu'il ait tiré, le coup n'a pas touché une cible.

Là, l'incident s'est terminé. D'un puissant coup de poing au menton, il l'a assommé, puis, le prenant comme s'il était une plume, il l'a soulevé dans le vide, s'est avancé avec lui et l'a jeté sans effort du brise-lames dans la mer.

Pendant un instant, il suivit curieusement les cercles formés par l'eau à l'endroit de la chute, s'élargissant jusqu'à se briser dans le ressac, et lorsqu'il fut convaincu qu'elle ne sortirait plus, il murmura :

« Pauvre diable, il n'est définitivement pas né pour être un voleur !

Et avec cette oraison funèbre, il reprit son sac et se rendit au village.

Après avoir cherché un logement qui n'était ni facile ni bon marché, il décida de s'orienter et pendant deux nuits il fréquenta quelques tripots. Des conversations qu'il a pu capter, il a tiré une conclusion : ce paradis infernal avait deux propriétaires et ces propriétaires s'appelaient Foot et Fritt, qui, à force d'audace, vivaient majestueusement aux dépens de l'effort des autres.

Ce système d'exploitation des propriétaires de maisons de jeux exigeant un montant pour garantir leurs établissements semblait être une découverte. Après tout, c'était quelque chose d'assez vulgaire, qui pouvait être réalisé avec quelques hommes de cœur, et après avoir pesé le vaste champ qu'offrait la ville, on disait qu'il y avait de la place non seulement pour deux, mais pour trois. Tout consistait à rectifier les frontières et à mieux diviser le champ des opérations.

L'entreprise, pensait-il, n'était pas très honnête, mais exiger une partie de ses bénéfices qui n'étaient pas très clairs pour certains exploiteurs ne pouvait pas être qualifié de grand péché. Si le vice rapportait beaucoup à certains exploiteurs pour vivre, en faire un de plus ne signifiait pas grand-chose. Un peu moins pour les autres et un peu pour lui-même.

Il présumait qu'ils ne le lui donneraient pas volontairement et qu'il devrait se battre avec une certaine opposition, mais quand vous étiez audacieux, dur et courageux comme lui, vous pouviez essayer de participer au jeu. Celui qui n'était pas satisfait, qui essayait de s'y opposer s'il le pouvait.

J'étais curieux de rencontrer les deux chefs des bandes d'exploitation. Peut-être pourrait-il conclure un arrangement à l'amiable avec eux, et même rejoindre leur organisation avec un bon pourcentage. Il était bon pour beaucoup de choses et ils ne lui donneraient rien gratuitement, mais s'ils refusaient, il le prendrait tout seul comme il le pouvait.

Lorsqu'il a demandé comment entrer en contact avec l'un d'eux, il a appris que son idée n'était pas aussi facile qu'il le pensait. Tous deux vivaient dans le mystère et bien gardés, mais ils fréquentaient le joint de "La Bella Californiana" et peut-être là-bas aurait-il l'occasion de rencontrer l'un des deux.

Et il se consacra à fréquenter l'établissement dans l'espoir d'une rencontre fortuite avec quelqu'un ; de plus cela faisait quelques jours qu'ils ne se présentaient pas sur les lieux et il était obligé de laisser passer le temps sans que la chance l'accompagne dans ses vœux. Stuart, un homme heureux et dynamique avec un grand désir de profiter de la vie, a décidé de tirer le meilleur parti de cette période, et comme il était beau, attrayant, drôle dans son esprit et bien dansant, il s'est donné à la tâche de divertir son soirées avec les filles de la distribution d'Agnès, sa volonté et ses sympathies étant rapidement capturées, car il n'était pas impoli dans ses relations et savait être avec elles aussi galant que grossier.

Mais parmi toutes les filles, Betty avait une attirance particulière pour lui. Il la trouvait plus élégante, plus raffinée, plus attirante et plus séduisante, et il en faisait l'objet de ses préférences, sans pour cela la déranger dans ses obligations au sein de l'établissement.

Agnès ne manqua pas de remarquer la présence bruyante de l'inconnu et son assiduité envers Betty, mais comme il était poli et retenu, elle n'avait rien à opposer à cette préférence. Il la croyait être la fleur de quelques nuits, et tant qu'il dépensait son or à profusion et ne démoralisait pas ses filles, non seulement il le tolérait, mais il commençait à le trouver sympathique et agréable.

Cela lui a fait oublier Fred. Le fait qu'il ne soit pas revenu dans l'établissement semblait être un bon signe. Il devait avoir réalisé les dommages qui pourraient l'amener à insister sur ses prétentions, et apparemment il avait abandonné la fille pour fixer ses yeux embrumés sur quelqu'un d'autre d'un autre tripot.

Jusqu'à des nuits plus tard, alors qu'elle s'y attendait le moins, elle le vit arriver en fronçant les sourcils, les yeux trop brillants et un geste grossier de défi qu'elle n'aimait pas.

Et il était de garde. Si, malgré les sentiments déjà ressentis, il rejoignait la jalousie que les déférences de l'inconnu pour Betty pouvaient allumer en lui, quelque chose de grave allait se produire qui allait désormais changer la face des choses ou provoquer une explosion soudaine et sanglante.

CHAPITRE IV

Fred entra avec hésitation dans la tanière, et après avoir parcouru son regard trouble, sourit cruellement, s'asseyant à une petite table qui se trouvait être inoccupée. Il commanda du whisky d'une voix rauque et quand il fut servi, il saisit le verre d'un pouls nerveux et but une partie du contenu, essuyant ses lèvres sèches avec le dos de sa main. Puis il était tendu, examinant tout le monde dans la pièce.

Les filles dansaient sur le tabladillo au rythme d'une musique entraînante et fringante que le piano droit jouait un peu amèrement. Ils dansaient un cancan bruyant, et presque tous les clients étaient absorbés par la contemplation du balancement suggestif des filles.

Stuart, qui était assis à une table à côté de la table, souriait gai et dynamique, faisant un clin d'œil à Betty, qui de temps en temps lui lançait un regard expressif ou lui adressait un clin d'œil picaresque qui élargissait encore le sourire sur le visage de l'aventurier. .

Fred, bien qu'ivre, ne cessait de percevoir ces signes d'intelligence et éprouvait une curiosité agressive de savoir à qui ils s'adressaient, mais il y avait tellement de clients entassés autour des tables près de la scène qu'il ne lui était pas facile de localiser le un favori.

Mais l'instinct lui disait qu'il y avait quelqu'un de plus chanceux que lui, qui avait réussi à saisir la sympathie de la jeune fille, et ses dents grinçaient furieusement. Il était là prêt à faire des histoires, et les gestes de Betty serviraient de prétexte pour faire des histoires.

Agnès, qui alternait avec deux riches éleveurs dans un endroit stratégique d'où elle observait toute la pièce, remarqua la présence quelque peu agressive de Fred, et craignant que quelque chose de tragique ne se produise, elle tenta de l'éviter.

Pour cela, à la fin de la danse et avant que les filles ne quittent la salle, il se leva, traversa les tables et s'approchant de celle que Stuart occupait, il dit à voix basse :

Écoute, étranger. Tu es un homme très gentil et un bon client, mais en ce moment tu es une poudrière avec la mèche qui brûle et j'aimerais l'éteindre.

" Diable ! " s'exclama Stuart surpris. " Qu'ai-je fait pour me qualifier ainsi ?

« Rien encore, mais il peut le faire. En ce moment il y a quelqu'un dans le salon qui est venu vouloir troubler la tranquillité qui règne ici. Vous ne le connaîtrez pas, mais si vous avez entendu parler de Konny Foot, vous comprendrez ce que signifie ce nom.

"Konny Foot ? J'ai entendu parler de lui et j'ai hâte de le rencontrer. Dites-moi qui c'est.

« Oh, il ne s'agit pas de lui ! Si c'était Foot, je serais calme, car c'est un grand ami à moi. Il s'agit de Fred Prestley, son second, un gars trop dur, qui est amoureux de Betty, et depuis qu'elle l'a méprisé, il se sent en colère jusqu'à l'agressivité.

« J'ai dû menacer sérieusement de me plaindre à son patron et je l'ai viré d'ici il y a quelques jours. Je pensais qu'il s'était résigné, mais je vois qu'il ne l'a pas fait, car il vient de paraître et n'est pas en très bon état. Il a dû trop boire et je soupçonne qu'il est d'humeur à faire des histoires.

"Une belle vue que je ne veux pas manquer, madame," répondit joyeusement Stuart. C'est quelque chose qui me tempère les nerfs et vous avez bien fait de me prévenir, car ainsi je ne manquerai pas le moindre détail.

« Oui mais non. Vous ne commencerez à le mettre en place que si vous remarquez que Betty fait une grimace à vous et vous à elle. Il vaut mieux que vous laissiez la fille seule ce soir pour éviter toute agitation. Fred est si sauvage, que je me mettrait dans un compromis, non seulement à cause de ce que l'ordre affecte, mais à cause de son patron et je veux l'éviter.

"Pourquoi n'allez-vous pas vers lui, enlevez sa veste et ne lui donnez pas une fessée pour être indisciplinée? Je la considère capable de le faire, mais ... eh bien, je pense que c'est un conseil que je ne devrais pas donner à une femme. Vous Je ferais mieux de me dire qui est cette marionnette. Je ne voudrais pas être pris au dépourvu.

« Eh bien regardez la porte et la troisième table à gauche vous dira qui c'est. Il est seul dedans.

« Merci. Je vais le regarder et garder un œil sur lui, mais maintenant, répondez à une question : pourquoi avez-vous engagé cette précieuse chorale de filles ici ?

« Pour qu'ils égayent les lieux et servent d'incitation aux clients.

« Juste. Et pour qu'ils dansent avec eux, et alternent, et forcent à dépenser, n'est-ce pas ?

«Je ne peux pas nier qu'ils facturent pour cela.

« Cela étant, pourquoi admettrait-il qu'un type de l'extérieur de la maison veut s'imposer contre ses coutumes ? Cela m'étonne qu'une femme de sa qualité puisse le tolérer.

"Je ne le tolère pas, mais face à la possibilité que quelque chose de grave se produise, je préfère faire des compromis.

"Ce qui revient à se laisser humilier par quelqu'un qui ressent ce caprice. Eh bien, si vous le pensez, je ne le fais pas. Je ne suis pas un homme capable de résister aux impositions de qui que ce soit et je n'ai peur de personne, peu importe à quel point ils se sentent intimidants. Vous devriez faire de même, car avec cette procédure, s'il le voulait, cette pièce deviendrait chaque nuit une enceinte missionnaire, où nous devrions tous être silencieux pour l'entendre se vanter.

» Le pire qu'on puisse faire est de donner des ailes à ceux qui ne savent pas s'en servir. Pour ma part, je lui dirai, très désolé, que je danserai avec Betty si elle ne refuse pas de son plein gré, et si je vois qu'elle refuse parce qu'elle a peur de ce type, je lui demanderai de danser qu'elle le veuille ou non, parce que je le considérerais comme un mépris de me rendre aussi moche sans raison devant tout le monde. Je n'ai rien à voir avec la fille, je n'essaie pas non plus de m'imposer à elle, mais ici elle vient remplir une mission et je paye cette mission pour en profiter. Ni Fred, ni son patron, ni toute son équipe, ne m'empêcheraient de faire ce que je voulais sans forcer personne.

Agnès le regarda entre admiration et agacement et répondit :

« Tu te rends compte de ce que cela peut signifier ?

« Exactement la même chose que cela peut être pour lui.

« Et qu'est-ce que cela signifie pour moi ?

« Tu ne vas pas me dire que tu es une femme craintive, ou que ce type va te manger. Quand vous vivez à San Francisco et qu'un endroit comme celui-ci est exploité sans l'aide d'aucun homme, c'est parce que vous avez le courage et le courage de faire face à tous les revers qui surviennent. Je ne pense pas que Fred soit plus que beaucoup d'autres qui sont venus ici pour vouloir se battre.

« En soi, ce n'est pas le cas, mais votre patron...

« Au diable ton patron ! Si, comme vous le prétendez, c'est votre ami, il vous le prouvera. Par contre, c'est moi qui vais montrer mon visage et pas toi. Laisse-moi tranquille et va-t'en. Si ce type vient lui apprendre des choses qu'il ne connaît pas, je m'occuperai d'être son professeur et vous ne serez jamais responsable de ce qui peut arriver entre lui et moi.

Agnès le regarda avec admiration en observant la stabilité et le calme de cet étranger froid. Après un moment d'hésitation, il répondit :

« Vous semblez très sûr de vous.

"Aussi sûr qu'un jour je posséderai San Francisco. C'est quelque chose qui m'est venu à l'esprit et je vais le comprendre. Comme cela ne se fait pas en pliant la colonne vertébrale devant les gens, mais en la faisant plier, je suis prêt à tout.

« Très ambitieux, étranger. Oubliez que ceux qui sont les maîtres ici aujourd'hui ont dû se battre beaucoup et dangereusement pour l'être.

« Eh bien, nous nous battrons comme eux ou mieux. Va-t'en et laisse-moi, car là je vois Betty et cette affaire est la mienne et celle de personne d'autre.

Et se levant calmement, il quitta la table pour sortir à la rencontre de la jeune fille.

Agnès resta un instant tendue sans savoir quelle décision prendre, mais le courage et la confiance en soi de Stuart l'avaient conquise. Il devina que si Fred essayait quelque chose de dangereux, il échouerait lamentablement et haussa les épaules. Vu la façon dont le tireur préparait les choses, cela devait arriver un jour et il était presque préférable qu'un étranger le fasse, lui épargnant la responsabilité de forcer ses hommes à intervenir directement dans l'affaire.

Il se retira à sa table sans perdre de vue Fred, tandis que Stuart marchait calmement à la rencontre de Betty.

Le piano déroulait déjà ses mélodies, invitant les clients à danser et Stuart tenta d'attacher la jeune femme à la taille, mais Betty avait déjà découvert Fred captant les regards menaçants qu'il lui lançait. Ainsi, ignorant que sa partenaire s'est imposée face à la situation tendue, il a plaidé :

« Voudriez-vous me laisser me reposer un moment ? Je suis fatigué par le travail et je l'apprécierais si...

"Attends une minute," coupa Stuart "; pas d'excuses, parce que je suis dans la rue de ce qui se passe. Je pense que si tu commences à montrer à n'importe quel gars que tu as peur de lui, tu seras perdu, et moi, pour pour ma part, je ne suis pas pret a me ridiculiser. Nous allons danser et... n'aie pas peur. Si les nerfs de ce type se déclenchent, quelque chose de pire me tirera d'abord. Allez, ma fille.

Et avant qu'elle n'ait eu le temps de le rejeter, il la serra autour de la taille et la tira sur le sol.

Betty s'est résignée. Un jour, l'explosif devait exploser, et si elle le retardait, peut-être qu'elle n'aurait pas un homme aussi complet et déterminé que cela pour la protéger correctement.

Lorsque Fred a observé que la jeune femme dansait avec Stuart, il a ressenti une étrange vibration dans tout son être, et il a jeté des regards foudroyants sur la fille, dans lesquels il la menaçait terriblement si elle continuait à danser, mais l'aventurier la tenait fermement autour de la taille et pour rien au monde il ne lui aurait permis de se débarrasser de lui.

De plus, pour mieux contrôler les mouvements de Fred, il a traîné Betty de ce côté. Il ne voulait pas que les autres couples obstruent sa vision en cachant tout mouvement du tireur.

Ainsi elle s'approchait dangereusement de lui ; Betty était presque sur le point de s'évanouir, en devinant la fin tragique de cette scène où les nerfs de l'odieux galant devaient être brûlants.

Et en fait, ils l'étaient. Le tireur abandonné, livide comme du papier, serra les dents, les emboîtant comme s'il essayait de les fusionner. Sans savoir pourquoi, il comprit que cet inconnu débordait en enflammant sa colère, comme s'il connaissait la vérité de ses sentiments, et sa vanité d'homme humilié n'accepterait pas de traverser une telle situation.

Soudain, il sauta du siège comme un chat enragé et se planta devant le couple. Stuart, qui ne le perdit pas de vue, relâcha brusquement Betty, la cachant avec son corps, et avec un calme glacial demanda :

"Es-tu tellement sur les nerfs que tu fais ces petits sauts grotesques ? Pourquoi on ne s'en soucie pas ? Tu nous as fait peur, mon ami.

Mais Fred, essayant de saisir la jeune femme par le bras, que Stuart gênait, lança une rude menace :

« Je t'ai dit que tu ne danses rien sauf avec moi pendant que je suis ici, et si je te revois dans les bras d'un autre homme, je te tuerai comme un chien.

Stuart le regarda froidement et lui demanda :

« Avec la permission de qui ?

«Sans la permission de personne, car je ne le demande généralement pas, mais plutôt de le prendre.

« Et tu n'as pas un peu compté sur moi ?

"Avec toi ? Oui je pense.

Sa main se dirigea vers le revolver, tirant dessus. Betty a poussé un cri incroyable, mettant ses mains sur ses yeux de terreur, et en réponse au cri, il y a eu une détonation. Fred, avec le revolver serrant la poignée mais pas le temps de saisir la détente, rugit de douleur féroce et lâcha désespérément l'arme pour mettre ses mains sur son ventre.

Il le serra avec une fureur sauvage, incapable d'empêcher le sang de couler à travers ses doigts convulsifs, et après avoir tracé un arc tragique avec son corps, il tomba face contre terre, se tordant dans l'agonie.

Un silence impressionnant s'ensuivit dans le salon. Puis un cri de surprise éclata, et ses proches entourèrent l'homme déchu, l'examinant avec avidité comme s'ils avaient du mal à se convaincre qu'il avait été possible d'achever ce dur et apparemment invincible après lui avoir permis de dessiner. .

Les filles ont crié hystériquement. Le pianiste, fidèle à son mot d'ordre, pilonnait sur le piano essayant de s'imposer dans le tumulte, et Agnès, avançant un peu pâle mais sereine, s'approcha de Stuart en commentant :

« Ce que je craignais... seulement l'inverse.

"C'est bien commenté", répond l'aventurier en souriant. J'espère que cet incident se termine ici.

« J'ai bien peur que ça commence ici, étranger. Il faut maintenant savoir ce que Foot pensera de la mort de son second.

« Je ne pense pas que ça va me manger. Je lui ai permis de sortir l'arme avant moi, et s'il s'est avéré être un poing plus lourd, ce n'est pas de ma faute.

« D'accord, mais ça ne dit rien. J'ai peur que Foot ne le voie pas gentiment.

"Ce sera parce qu'ils ne seront pas aussi beaux que moi. De quoi a-t-il peur, qu'il sera enragé parce qu'il y a quelqu'un d'aussi rapide que lui avec un pistolet à la main ? Je ne pense pas que j'essaye pour obtenir le privilège de la rapidité. Vous devrez l'admettre de cette façon, et si vous n'êtes pas satisfait, nous pouvons discuter de la question de la même manière. Je suis un homme qui donne toutes les facilités possibles pour résoudre les problèmes.

Agnès ne répondit pas. Il craignait d'être en effet un homme trop dur et dangereux et que Foot le considère comme un danger pour sa sécurité future.

Fred est mort presque subitement avec ses intestins croisés et « la beauté californienne », essayant de contrôler ses nerfs, a commenté :

« Soyez ce que le diable veut. Jim, emmène cet homme là-dedans; qu'ils nettoient ce sang et chacun à sa place. Betty, va dans mes chambres et calme-toi. Vous êtes pâle comme un mort et vous ne pouvez donc pas agir. John, va trouver Foot, et si tu le trouves, dis-lui de venir ici, s'il te plaît, car j'ai un besoin urgent de lui parler. Quant à vous », a-t-il ajouté en s'adressant à Stuart, « je pense que la meilleure chose que vous puissiez faire est de disparaître d'ici, et si vous le faites de San Francisco, tant mieux. Je vais essayer de régler cette affaire avec Foot.

« Merci beaucoup Agnès ; Tu es une femme merveilleuse parce que tu es forte et entière, une de ces femmes que j'aime parce qu'il y en a très peu, mais j'en parlerai aussi avec Foot's coco. Je voulais vraiment le rencontrer et passer un meilleur moment que ça, aucun.

« Vous direz pire occasion. Il ne pourra pas lui pardonner d'avoir tué le meilleur de ses hommes.

"Et c'était le meilleur? Comment seront les autres! Je suis beaucoup mieux, comme je l'ai montré, et si vous avez besoin d'un remplaçant, nous pouvons nous comprendre. Je pense que cela lui conviendra, car s'il me rejette.. ... alors je le supplanterai un jour.C'est une chose décidée et personne ne me fera reculer de mon idée.

« Tu penses que ça va te faire peur ?

"Je suppose que non, mais lui non plus pour moi. Ce sera quelque chose dont nous pourrons discuter de deux manières. À votre choix, je vous laisse choisir ce que vous aimez le plus.

Et calmement, il se remit à table, remplissant son verre d'un pouls calme, tandis qu'Agnès, s'émerveillant de son sang froid, le regardait de travers.

Elle aussi commençait à aimer ce type qui ne ressemblait à aucun de ceux qu'elle avait rencontrés.

CHAPITRE V

UNE PROPOSITION AUDACIEUX

Une fois l'ordre rétabli, bien qu'avec une certaine nervosité, les clients regagnent leurs tables, où l'événement se discute passionnément. C'était quelque chose d'inhabituel et chacun se demandait comment allait se terminer le drame qui venait de commencer, mais qui demandait une suite difficile à prévoir.

Quand Agnès fut convaincue que le calme régnait de nouveau, elle appela le chef des hommes à son service pour l'emporter sur tout tumulte et lui dit :

« Gardez un œil ouvert, même si je ne m'attends pas à ce que quelque chose d'extraordinaire se produise. Si Foot vient, tenez-le un instant et envoyez-moi un avertissement. Je vais dans mes chambres.

Il s'approcha de Stuart, qui avait allumé une cigarette, et le supplia :

,

« Voulez-vous monter un instant dans mes appartements privés ?

......

"Diable ! Pourquoi pas ? Cela m'honore énormément, parce que le sanctuaire d'une femme comme vous doit être une chose merveilleuse. J'espère que ce n'est pas une cause pour un autre combat.

Elle le regarda d'une manière particulière quand elle l'entendit. Elle se souvint de l'assiduité et des prétentions affectueuses de Foot et finit par sourire avec amusement.

« J'espère que non, du moins pour ce soir.

« C'est une bonne chose, s'ils me laissent me reposer. Pourquoi dites vous cela?

« Parce que l'affaire est trop grave pour que Foot pense à quelque chose sans rapport avec la mort de son second.

"Tonnerre et éclairs ! Cela veut dire que lui aussi...

« Je ne veux rien dire, étranger. Ces questions me sont laissées. Suis-moi

« Eh bien, je ne veux pas entrer dans sa vie privée. Si ce vautour est amoureux de toi, je te dirai que tu n'as pas aussi mauvais goût que je l'avais supposé.

« Merci. Vous êtes trop galant.

"Non. Je ne suis rien de plus. Vous appartenez au type de femmes que j'aurais aimé.

« Qu'est-ce qu'ils auraient ?

« Relativement. Mon goût est varié, mais les complications cardiaques me paraissent prématurées. Peut-être qu'un jour, quand j'aurai un trône de dollars ou des sacs d'or, le moment semble venu d'y penser.

« Vous donnez trop de temps au temps. Il peut vieillir plus tôt.

« Eh bien, en attendant, j'aime bien certains…
simples. . . . . . .

.

"Betty par exemple ?

« Betty… et quelques-unes des autres filles que vous avez ici. Elle se révèle être une femme de goût en les choisissant et je suis un homme très large dans mes dépenses quand la chose le mérite… superficiellement.

"Je ne.

« Tu ne vas pas me dire que tu n'as pas aimé un homme dans ta vie.

"Oui. Beaucoup, mais… pour diverses raisons, superficielles aussi. Au lieu de cela, pour la seule chose que j'aimerais totalement un homme… Je ne l'ai pas encore trouvé.

« Si cela vaut un pourboire, ne tardez pas à le chercher ou vous vous retrouverez sans. Être trop exigeant peut l'exposer à ne pas vous trouver à temps.

« Tu penses qu'il est déjà trop tard pour moi ?

"Ne le fais pas. Pas ça, mais ne le laisse pas faire.

« Merci. J'étudierai les conseils quand j'aurai le temps.

Ils avaient atteint la galerie. Elle, le guidant en avant, le conduisit dans ses appartements, mais le laissa dans la salle de réception pour jeter un coup d'œil à Betty, qui était tombée sur son lit avec frénésie.

La jeune femme semblait endormie et, sortant de la chambre sur la pointe des pieds, retourna aux côtés de Stuart.

Il se versait du whisky et avait allumé un cigare qu'il suçait avec délice.

Agnès, souriante, commenta :

« Je constate que vous n'êtes pas très regardé pour satisfaire leurs goûts.

« J'étais en avance sur ton invitation, c'est tout. J'étais sûr qu'il m'offrirait du whisky et des cigares ; C'est toujours la chose obligatoire à faire avec les visites de confiance, n'est-ce pas ?

"Tu es très intelligent. Que pensez-vous que je puisse vous offrir d'autre ?

« Ne forcez pas un homme vaniteux à me juger.

"Tu ferais bien de ne pas l'être, parce que tu avais peut-être tort", répondit-elle en souriant malicieusement.

« Ce serait dommage, mais comme je n'aime pas échouer dans mes convictions, il est préférable qu'il ne me le dise pas.

« Je peux vous offrir ma protection, qui n'est pas petite.

« Je n'en doute pas, mais quel concept peut lui offrir un homme qui s'appuie sur une femme pour réussir ?

« Une opinion moche, mais vous ne m'avez pas compris. Ce n'est pas une protection de grimper sans mérite, mais de trouver la voie libre pour cette ascension. Si vous n'étiez pas utile pour vous y rendre, l'aide ne servirait à rien.

« Peut-être que ce serait quelque chose d'utile. Comme je le ferais ?

« Utiliser ma grande amitié avec Foot. Peut-être que je pourrais le persuader d'accepter ses services en remplacement de Fred.

« Quel intérêt portez-vous à Foot ?

"Il est mon ami.

« Juste ton ami ?

« C'est exactement ce que je veux qu'il soit.

« Laissez-le tel qu'il est dans ce cas, car je ne voudrais pas la laisser mal avec lui et provoquer un conflit. Peut-être qu'un jour mon ambition me conduira à vouloir occuper ce poste et je serais gêné par votre recommandation. Je préfère qu'il choisisse librement et ce qui peut exploser après nous regarde tous les deux.

« Ne soyez pas stupide ou vaniteux. Il y avait beaucoup d'hommes courageux ici avant vous qui persistaient dans cette voie et qui maintenant se reposent tranquillement et méditent sur leurs folies à quelques centimètres sous terre.

« S'il pouvait tuer ses concurrents, pourquoi ne pourrais-je pas le tuer s'il le voulait ? Il n'y a pas d'homme invulnérable, et ce que l'un fait peut être fait par un autre.

« Peut-être, mais je ne veux pas que cela se produise. Soyez satisfait s'il pense que vous êtes utile. La deuxième place à côté de Foot est très catégorielle.

« Et pour remplacer Foot beaucoup plus. Auriez-vous choisi d'être dans un joint comme celui-ci, quelque chose de similaire à ce que Betty est ici ?

« Je l'ai été et je me suis installé jusqu'à ce que mon heure soit venue, mais pas sur votre

chemin.

, Les femmes réussissent avec habileté et sans sang. Vous le faites avec des coups de feu.

« Chacun utilise toutes les armes qu'il peut. En fin de compte, croyez-le ou non, les vôtres sont plus dangereux.

« Ne soyez pas têtu. Écoutez-moi, pourquoi n'abandonnez-vous pas et n'acceptez-vous pas autre chose ?

"Le fait que?

« La position de mon homme de confiance dans le tripot. Je te paierais bien et j'aimerais avoir un homme aussi entier que toi à mes côtés.

"Je le rejette. Je suis très dangereux quand je passe du temps à côté d'une femme. Je finirais par tomber amoureux de toi et je ne veux pas.

Il le dit d'un ton jovial et Agnès le regarda intensément pour lui demander :

« Est-ce que j'ai l'air si moche ou vieux que je vous fais peur ? »

« S'il en était ainsi, je l'accepterais, car je ne risquerais pas de tomber amoureux de toi. Tu es attirante et je pense que tu es une femme trop dangereuse. Je n'aime pas me battre avec les femmes et toi et moi nous disputerions pour une chose.

"Pourquoi?

« À cause de n'importe quelle autre femme.

« À cause de Betty ? Ce soir, vous ne vous êtes pas battu avec elle, mais pour elle.

« Non. Ce n'est pas précisément à cause d'elle, bien que cela ait servi de prétexte. bénéficié.

"Tu es un homme absurde et je ne te comprends pas bien," assura Agnès, agacée par la clarté des propos de Stuart.

Il a répondu:

« Mais je suis honnête, c'est le principal. J'ai eu beaucoup d'ambitions dans ma vie et je me suis battu pour les voir se réaliser. Plus tard, ils m'ont semblé pauvres et mesquins, peut-être parce qu'ils étaient déjà réalisés, ne méritant pas plus d'efforts, je les ai abandonnés pour de nouveaux. Je suis venu à San Francisco parce qu'ils m'ont dit que c'était la ville la plus merveilleuse pour mes nerfs et pour gagner de l'argent. Je me suis convaincu qu'avec l'or on obtient tout au monde et je possède très peu, car jusqu'à présent je ne l'ai pas apprécié.

« Je veux gagner de l'argent, mais vite, pour ne pas avoir le temps de le prendre d'une main et de le dépenser de l'autre. Le jour où je me verrai avec des milliers et des milliers de dollars en même temps, peut-être que j'apprécierai ce qu'ils valent et me sentirai comme un épargnant, et c'est pourquoi je vais essayer. Si ce qui m'arrive, avec tout, peut-être que quand je l'aurai je le jetterai et subirai la dernière et la plus définitive déception de ma vie.

« Est-ce que la même chose vous arrive avec les femmes ?

« La même chose, du moins jusqu'à présent. Je me suis battu pour en avoir et j'ai été déçu. C'était peut-être parce que je ne les comprenais pas... ou parce qu'ils ne me comprenaient pas.

« Tu es absurde, pour ne pas t'appeler autrement.

"Appelle-moi comme tu veux. Ce ne serait pas le premier et peut-être pas le dernier.

"Je le crois, mais malgré ça, je prédis une chose. Le jour où une femme te le proposera... ce jour-là, toi, avec tout cet arsenal de mépris et d'irréalités, tu seras le type le plus servile en matière d'amour Demandez à qui vous pouvez faire pour qu'elle ne soit pas cruelle et despotique, car si elle l'est, elle vous fera payer une fois pour toutes ce que vous pouviez faire auparavant avec les autres.

— Je ne crois pas aux diseurs de bonne aventure occasionnels, Agnès. Je suis déjà trop malmené pour payer pour le bizutage.

« Nous les payons tous. Moi aussi, et pourtant je n'oserais pas dire que je ne pourrai pas me les payer un jour. Il y a des moments où, comme des vis usées, on dépasse le filetage et... on ne peut plus serrer comme on voudrait.

«D'ici là, je serai mort de vieillesse, sinon je suis tombé avec mes bottes.

Un des employés a frappé à la porte pour annoncer que Foot était dans la pièce. Agnès donna l'ordre d'être élevée.

Avant que le tireur n'arrive, il dit à Stuart :

Pensez-y. A moi de convaincre Foot de...

"Ne le fais pas. Je vais le convaincre par moi-même.

« Je suis curieux de voir comment vous faites, mais si vous échouez, ne vous attendez pas à ce que j'intervienne à la dernière minute. C'est ce qui est en jeu.

« Je me battrai avec ce qui vient.

Foot frappa à la porte et Agnès l'invita à entrer. Lorsque le tireur a découvert Stuart assis confortablement dans le fauteuil en train de fumer son cigare avec le verre de whisky devant lui, il lui a jeté un regard renfrogné et a demandé :

« Un nouvel invité ?

« Pas vraiment, Foot. Mais les circonstances m'ont obligé à vous enfermer ici. J'ai quelque chose de grave à vous signaler et cet homme n'y est pas étranger. Vous ne le connaissez peut-être pas.

"Non. Je ne l'ai jamais vu.

Stuart se leva en disant :

« Je m'appelle Stuart Sterling. Je pense que pour le moment le reste est frappant.

« Je m'appelle Konny Foot. Je suppose que vous aurez quelques informations sur moi qui évitent d'ajouter plus de détails.

« J'ai pas mal d'informations, mon ami, et je ne te trompe pas en te disant que j'avais un grand intérêt à te rencontrer. Je voulais te parler et le destin a fait ce qu'il voulait pour que cela se produise. Agnès vous informera comme elle l'entend.

Elle invita Foot à s'asseoir, puis elle dit :

« Comme je pense que je dois commencer par le début, avant de comprendre pourquoi, écoutez.

Il raconta à peu près les incidents que Fred avait causés les jours précédents, la dispute amère qu'ils avaient eue le jour où il l'avait viré du joint, et comment il avait menacé l'irascible Fred de tout dire à son patron.

« Pourquoi ne l'as-tu pas fait avant, Agnès ? Pied interrompu. Je l'aurais forcé à...

"Je ne pensais pas que c'était nécessaire", a répondu Agnès, "parce qu'il a cessé de visiter mon établissement, mais ce soir, il est arrivé ivre et d'humeur à se battre. Profitant du fait qu'il avait terminé la danse sur le tabladillo , ce client a demandé à Betty de danser, et Fred, fou comme un chat, assoiffé, a menacé de la tuer s'il la revoyait danser avec quelqu'un.

Vous êtes un homme et vous ne permettez pas à une femme de se désengager de vos bras à cause de la menace d'un autre homme. C'est ce que Stuart a fait ; pas gâcher et demander à Fred s'il avait compté sur lui pour l'affaire. La réponse de Fred fut de tirer avec le revolver, mais l'alcool a dû lui mettre du plomb dans les mains, car il était trop lent à tirer. Quand il a voulu essayer, il avait une once de plomb dans le ventre. Vous avez son cadavre dans une pièce.

Le pied sauta comme un ressort en rugissant :

« Que dites-vous ? Qu'est-ce qui... a... tué Fred ? Qu'est-ce qui l'a tué en le laissant dégainer l'arme ?

« Ci-dessous, vous avez cent témoins du duel. Vous pouvez aller leur demander.

Foot était abasourdi. Il connaissait suffisamment son deuxième pour le considérer comme l'un des hommes les plus rapides et les plus sûrs avec un poulain à la main.

Stuart, qui s'était aussi levé, le fixait entre maussade et moquerie, sans quitter des yeux la froideur du pistolero. Il essayait de lire à l'avance sa réaction à ce qui pourrait arriver, mais après ces secondes d'explosion, le regard de Foot ne révéla rien de ce qu'il prétendait savoir.

Foot a fini par déclarer :

« J'ai du mal à croire que cela ait pu se passer comme ça.

Stuart répondit sèchement :

– Vous trompez une dame, qui est aussi votre amie, et je ne vous trouve pas très galant, monsieur Foot. Je l'ai fait comme ils vous le disent et chaque fois que je veux, je le répète.

Foot, dans un accès de rage, leva vivement la main à sa taille, en même temps il cria :

« Eh bien, prouvez-le.

Mais avant que son revolver ne soit complètement sorti de son étui, le canon noir du pistolet de Stuart s'enfonçait dans sa poitrine, appuyé sinistrement contre lui :

« Je pourrais vous le prouver, comme vous le voyez ; mais je ne veux pas, à moins que je continue à insister sur cette attitude.

Le célèbre tireur écarquilla les yeux et resta tendu, le bras à moitié plié. Pas un seul muscle de son visage n'a été altéré, et alors que Stuart continuait dans cette posture menaçante, il a demandé :

Qu'attendez-vous?

"N'importe. Ma preuve n'était que théorique. Je n'ai rien contre toi pour le moment et... je ne m'intéresse pas à ta vie, même si je sais que tu m'aurais tiré dessus si tu étais plus rapide que moi.

Foot retira sa main de l'arme, la remettant dans son étui, et Stuart emboîta le pas.

Le visage maquillé d'Agnès ne s'était pas contracté un seul instant pendant les moments angoissants de cette scène dramatique. Elle était presque certaine que l'un d'eux allait tomber, et pourtant elle restait impassible. Malgré lui, le calme, le sang-froid et l'habileté de Stuart à dégainer son arme l'avaient impressionné.

"Allez, Foot," dit-il, souriant alors qu'il posait sa main fine sur l'épaule du tireur. " Cela m'aurait causé une grande contrariété de vous voir tomber. Vous êtes trop impétueux et je ne vous ai pas appelé pour faire ces scènes ici ou pour forcer les autres à les faire. Mon devoir était de vous informer fidèlement de ce qui s'était passé et si vous aviez du bon sens, vous admettriez que c'était la faute de Fred, parce que vous le connaissiez bien.

Foot prit la bouteille de whisky avec un pouls calme et remplit son verre, le vidant. Il a ensuite dit:

« Je pense que tu as raison, Agnès. J'ai été stupide de m'énerver pour quelque chose qui ne le méritait pas. Celui qui méritait que cet homme m'ait tiré dessus, c'est moi.

"Pourquoi devrait-il?

"Eh bien... parce que si vous n'aviez pas été aussi rapide et devant moi, j'aurais tiré. Vous m'avez causé des dommages que vous ne pouvez pas évaluer.

Stuart, souriant cyniquement, déclara :

« Je t'apprécie pour ton honnêteté, mais je ne t'en veux pas. Il savait que ce serait sa réaction et il était prêt à l'éviter. Quant aux dégâts, on peut peut-être les réparer.

"Comment?

« Il y a un dicton qui dit : 'Un roi mort, un roi établi.' Pourquoi je ne peux pas remplacer Fred dans ton équipage ?

« Toi ? Qui es-tu pour y aspirer ?

« L'enfer ! Je vous ai déjà dit mon nom, vous avez vu le reste, et s'il manque quelque chose, j'ajouterai que mon bilan de service dans le monde ne peut pas nuire au vôtre. Bien sûr, cela ne veut rien dire, car il s'agit de montrer qu'il est utilisé ou non pour ce à quoi il est destiné.

"Vous me semblez trop ambitieux", objecta Foot.

« Ne le croyez pas, dans ce cas, mon ambition est minime. Si je devais me considérer aussi ambitieux que vous me jugez, j'aspirerais non à la position de Fred, mais à le supplanter dans ses activités, et sans vanité je peux affirmer que je n'ai jamais manqué d'accomplir ce que j'ai proposé.

« Parfois, vous échouez dans la vie.

« Cela peut arriver à n'importe qui... même à vous.

«Jusqu'à présent, je n'ai pas échoué.

« Moi non plus, mais je pense que cette discussion est vaine. J'ai fait une proposition et vous devez décider. Il est clair que si j'ai tué son second c'est parce qu'il le voulait et parce qu'il était un pauvre diable à côté de moi. Si cela vous dit quelque chose, prenez-le en considération, et sinon, dites-le pour que je puisse me faire ma propre composition.

Le pied était pensif. La mort de Fred lui posa un problème, car il était un homme précieux pour lui. Mort, il fallait qu'il le remplace, mais que diraient les autres ? Certains s'estimeraient dignes de le remplacer. Malgré tout, il devinait en Stuart un ennemi possible très dangereux, et s'il l'attachait court et l'avait à portée de main, il pourrait le contrôler mieux que libre.

Enfin, c'était décidé.

« C'est une chose à laquelle je ne peux pas répondre en ce moment. C'est vrai que je suis le patron et j'impose ma volonté à mes hommes, mais ce serait semer le schisme si j'imposais à un inconnu sans au moins les avertir et leur faire voir que cela peut être une chose commode pour tout le monde. Pourtant, je ne m'attends pas à ce que l'opposition cesse d'exister.

«Je ne suis pas intéressé par cette opposition en ce qui me concerne. Si quelqu'un doit s'opposer à quelque chose, qu'il me le dise et qu'il s'oppose à moi. On va arranger ça entre nous deux.

« Trop confiant en toi, étranger. Cela peut vous perdre.

« Si cela arrive, je tiendrai le coup. Vous décidez et le reste m'importe peu.

"D'accord, reviens ici demain soir et je te répondrai.

« Demain, il m'aura ici pour trouver la réponse.

Foot se tourna vers Agnès, qui n'avait pas été impliquée dans la conversation, et la regarda attentivement. Elle sourit d'amusement, et au fond elle l'était. Il avait trouvé en Stuart un homme pas comme les autres qu'il avait connu jusque-là.

Enfin il dit :

« Eh bien, Agnès, c'était un peu théâtral, ça n'était jamais arrivé auparavant ; nous verrons comment cela se termine. Ensuite, j'enverrai chercher le corps de Fred pour que mes hommes l'enterrent. Après tout, il m'a servi loyalement.

« Ça me semble bien, Foot. Pour le reste, je célébrerai que vous êtes fixé et que vous avez de la chance.

Il a dit au revoir et a quitté les chambres de "California Beauty", étant congédié par Stuart avec un sourire énigmatique. Il était sûr d'avoir gagné un tour décisif pour lui. Foot y penserait, et comme moindre mal, il finirait par l'accepter dans son groupe. Alors... le diable aurait le dernier mot.

CHAPITRE VI

COMMENT LA GRANDE NUIT S'EST TERMINÉE

Dès qu'il a atteint son repaire, Foot a envoyé l'un des hommes qui composaient sa garde personnelle pour trouver les membres de son gang et le rencontrer. Ils devaient tous faire le tour des lieux de leur démarcation et il ne serait pas difficile de les localiser.

Ainsi, vers deux heures du matin, seize hommes endurcis et dangereux, pour qui la vie ou la mort n'était qu'un accident parmi tant d'autres de leur longue carrière d'indésirables, se retrouvèrent avec Foot, pris de curiosité de connaître l'objet de cette intempestive appel. La mort de Fred n'était plus un mystère pour eux, car la rumeur s'était répandue dans tout le quartier de la pègre et tout le monde imaginait que l'appel serait de leur rendre un compte rendu officiel de l'événement, et ce qui était logique, de nommer également un remplaçant.

Etre deuxième dans la bande de Foot "et dans n'importe quel autre" était un pas ferme pour à tout moment d'agitation pouvoir occuper son poste si le patron, qui n'était pas invulnérable parce qu'il l'était, tombait dans la bagarre comme tant d'autres étaient tombés et a dû le remplacer.

Peut-être que celui qui avait le plus d'espoir de promotion, Fred parti, était Adair Jessup. Il était considéré comme l'un des plus audacieux, redoutable et égoïste de la bande, et donc, dès qu'il apprit la disparition de son rival, il considérait que celui qui avait le plus le droit de le remplacer était lui.

Ainsi, lorsque Foot leur a rendu compte de l'événement et de son évolution, Jessup a demandé :

« Qu'est-ce que tu as pensé faire avec le gars qui t'a envoyé en enfer, patron ?

"Qu'est-ce que tu racontes?

« Simplement, s'il a l'intention de quitter la mort de Fred sans se venger.

Foot le regarda froidement et répondit :

«Je n'ai pas à me lancer dans la vengeance de qui que ce soit quand un gars comme Fred le cherche bêtement et tombe amoureux d'un idiot. Mes hommes peuvent tomber dans un combat « à moi » et tomber en toute circonstance ; Alors ils m'ont à leurs côtés pour ça et tout ce qui est nécessaire, mais si quelqu'un, d'homme à homme, se vante de bravo puis ne le montre pas et tombe, cela ne me sert pas. Est-ce clair ?

Eh bien, peut-être que oui. Mais si Fred était saoul, ce n'était pas difficile de se montrer rapide avec lui.

"Celui qui l'a fait aurait envoyé Fred en enfer ivre et ne pas boire. Je connais le genre d'homme qu'il est.

"Est-ce-que tu le connais?

« Je ne le connaissais pas, mais il m'a fallu très peu de temps pour apprendre à le connaître. Quand je t'ai admis, Jessup, je ne te connaissais pas, mais je n'avais pas tort de te juger. La même chose arrive avec cet homme.

"Puis...

« Alors, j'ai décidé quelque chose et pour cela je vous ai réunis. Le gars est quelque chose de spécial, digne d'un gang aussi costaud que le nôtre, et depuis qu'il est venu à San Francisco pour se faire connaître et gagner de l'argent, j'ai décidé de ne pas le laisser errer pour ses respects et de l'avoir à mes côtés. Je ne voudrais pas qu'un nouveau Fritt surgisse pour troubler la vie désormais tranquille que nous menons, et avant qu'il ne passe de l'autre côté ou ne relève la tête tout seul, je suis resté avec lui.

Jessup, ne voulant pas s'opposer ouvertement aux décisions de son patron, s'est exclamé :

« Eh bien, je pense que ce n'est pas une mauvaise idée. Si nous avons eu une perte, quelqu'un doit la couvrir, et si le gars le mérite, celui-ci est aussi bon qu'un autre ; l'avez-vous déjà embauché ?

"Oui.

« C'était bien ?

« Oui, cela lui a semblé bien tant que je lui ai donné le poste qu'occupait Fred, et il m'a semblé que cela fonctionnait pour lui. Y en a-t-il qui ne sont pas satisfaits ?

Ils se regardèrent tous avec étonnement. Ils n'ont pas accepté qu'il ait décidé de lui accorder cette position de confiance, alors qu'il avait parmi ses hommes beaucoup capables de fournir les morts.

"Je ne suis pas satisfait" osa proclamer Jessup lorsqu'il vit qu'aucun de ses compagnons n'osait élever la voix contre cela.

"Pour quelle raison?

« Parce que ce qu'il peut faire, je peux le faire, et pas seulement moi, mais n'importe lequel de mes coéquipiers.

« Même le confronter ?

« Vous ne vous posez même pas la question.

"D'accord. Comme je suis déterminé à l'admettre, je ne veux pas le faire sans donner aux autres les mêmes possibilités que lui. Si vous êtes prêt à contester la position, ce sera pour vous si vous la gagnez. Comme cet homme est vaut beaucoup et je ne le méprise pas, ni ne le supprime, ni ne l'attire à mes côtés ; mais parce que cela en vaut la peine et qu'il peut m'être très utile, je ne veux en aucun cas le supprimer.

Celui qui n'est pas satisfait devra l'envoyer en enfer face à face pour montrer qu'il lui est supérieur, et s'il parvient à lui faire mordre la poussière, je ne m'opposerai à rien, mais s'il échoue, il finira par convaincre moi qu'il valait plus que Fred et que quiconque essaie de contester sa position. Vous êtes le premier à l'essayer, et si quelqu'un d'autre pense que vous vous suivrez dans le test si vous tombez, mais si vous gagnez, vous serez deuxième de l'équipe. Nous sommes d'accord?

Il y avait de nouveaux regards des hommes armés. Fred était un bon revolver et mort celui-là, Jessup pouvait être considéré comme le meilleur. S'il ne servait pas à éliminer l'intrus, aucun ne se considérait aussi vite que Jessup.

Enfin, l'un s'est avancé pour répondre :

« Pourquoi plus de tests, patron ? Nous sommes tous sûrs que Jessup saura très bien le faire. Si vous essayez, cela suffit.

" Conforme. De toute façon, je ne suis pas si stupide que je vous ai permis d'essayer un par un et que vous tombiez d'une manière stupide. Je vous considère tous habiles avec le poulain en main, et si cet étranger prend les devants en premier , il sera meilleur que les autres pour moi. Je ne veux pas vous l'imposer par caprice, mais avec des raisons de... plomb. Si Jessup tombe, vous l'accepterez comme mon bras droit et je n'en tolérerai aucun plus d'arguments ou de rébellions.Je sais que ce sera un élément très précieux si, pour une raison quelconque, le combat reprend et nous devons nous battre à nouveau comme des bêtes sauvages.

« Quand allons-nous mesurer ce tigre ? demanda Jessup d'un ton moqueur.

« Demain soir, je me suis arrangé pour le voir et lui donner la réponse. Je vous retrouverai au même endroit et nous nous mettrons d'accord sur le lieu et l'heure de la rencontre. C'est tout ce que j'avais à te dire.

"Eh bien, si tu ne le regrettes pas... Après que je lui ai parlé, nous nous reverrons.

"J'espère que vous ne le regretterez pas tous les deux" fut la réponse de Foot.

Le gang a quitté son repaire pour se disperser dans le village. Formant de petits groupes, chacun a choisi le tripot où finir le reste de la nuit et échanger ses impressions sur l'étrange événement.

Jessup, avec deux de ses amis les plus proches du gang, a atteint la rue de San Francisco en discutant amèrement de l'événement. Le tireur, excité, n'a pas accepté d'attendre autant d'heures car il se sentait en colère contre le retard qu'il ne pensait pas mériter. Il était l'un des hommes les plus âgés de la bande, qui avait été en grand danger en aidant Foot, et maintenant il avait un profond mépris pour un chef qu'il considérait trop inconstant et impressionnable.

Enragé, il cessa de commenter :

"C'est une garce de Foot, tu ne trouves pas ?

« Au moins, cela nous donne peu d'importance. Je connais des maniaques du revolver et je ne pense pas que ce type leur soit supérieur. Nous ne sommes pas paralysés.

"Non, bien sûr que nous ne le sommes pas", a crié Jessup, "nous n'avons pas non plus de plomb entre nos mains, et je me demande pourquoi nous devons attendre demain pour résoudre cette affaire. Si, comme Foot l'a dit, il est chez Agnès , en allant là-bas et en le tuant, l'affaire peut être résolue sans perdre tout ce temps stupide.Le dilemme est avec lui ou le supprimer, car il est supprimé et en paix.

« Oui, mais vous l'avez aussi entendu dire clairement que celui qui le fait devra le faire face à face. Ne compliquons pas davantage les choses en semant les mauvaises herbes, car s'il découvre que nous le réprimons entre nous trois, il pensera que nous avons eu peur de lui et il pourra se passer de nous. Les choses ne doivent pas être des travailleurs indépendants et Fritt rirait beaucoup du schisme et profiterait même de la désunion.

Jessup, hors de lui, beugla ;

« Je n'ai pas du tout besoin de toi. Pour l'envoyer en enfer si on le trouve là-bas, ça me suffit.

"C'est bien" répondit son partenaire "; mais regarde bien comment tu fais. Agnès informera le patron du déroulement de la rencontre, et s'il n'est pas satisfait de la façon dont vous vous comportez, vous n'aurez rien gagné à le faire.

« Oui, oui, je te comprends. Je dois entrer, le demander, lui dire qui je suis, l'avertir que je vais le tuer et lui demander de tirer cinq fois avant de dégainer l'arme pour que personne ne dise que je ne l'ai pas laissé prendre le initiative, non?

"N'en fais pas trop, Jessup," répondit l'un de ses compagnons. Rappelez-vous que Fred parlait moins et faisait semblant d'en faire plus et vous avez vu. Tant que personne ne vous accuse d'avoir tiré sans prévenir, vous en avez assez.

« Eh bien, suivez-moi. Je le cherche, et si je le trouve, vous verrez comment le combat va se dérouler. Je ne suis pas à moitié ivre comme Fred l'était quand il a fait ces bêtises.

Les deux indésirables haussèrent les épaules et le suivirent. Ils ne pouvaient pas nier que c'était leur plaisir pour Jessup de prouver qu'il était plus rapide et plus sûr que Fred, et donc plus que l'étranger, mais s'il échouait, aucun des deux n'était disposé à intervenir en violation des ordres.

* * *

Stuart, apparemment sans hâte, était resté dans les chambres d'Agnès. Lorsque Foot eut disparu, il se rassit, remplit l'un des verres de whisky et se réinstalla dans le fauteuil.

Agnès, avec un sourire spécial, a commenté :

« Tu n'es pas très galant, Stuart, je bois aussi.

« Oh, excusez-moi. Je pensais que la peur n'était pas encore passée et que sa jolie gorge n'admettrait rien à travers elle.

« Qui diable t'a dit que j'avais peur ?

"Ce n'était pas le cas ? Excusez-moi alors ; il s'avère que vous avez plus de culot que je ne l'avais imaginé. Ou est-ce que vous ne pensez pas que j'étais sur le point de tuer ce type ?

"Bien sûr que je n'y ai pas cru.

"Pour quelle raison?

"Eh bien, parce qu'il vous a jugé si vain, que vous n'êtes pas en mesure de profiter du moindre avantage en votre faveur, afin que personne ne vous interprète mal, et cette fois vous avez vous-même avoué que vous aviez tous les avantages en votre faveur.

Stuart rit avec amusement et déclara :

« Tu as gagné, Agnès. Vous êtes une femme d'une merveilleuse intuition. C'était ainsi, mais ce crapaud ne fait pas trop confiance parce que je suis un homme de manies. S'il répétait sa chance, il ne le laisserait pas la dessiner à nouveau. Que pensez-vous pouvoir décider ?

"Eh bien... ça va rester avec toi.

Même si vos hommes s'y opposent ?

"Même ainsi. Il a bien pris la mesure et sait combien vous pouvez valoir pour lui. Vous trouverez un moyen de les convaincre s'ils protestent.

"Je ne suis pas si sûr. S'il y a une forte opposition, vous pouvez laisser à vos hommes le soin de trancher la question plus simplement.

« Comment ? Je ne te comprends pas.

"Jouer à l'ignorant si certains ou certains essaient de supprimer la concurrence. Je connais mon peuple pour bien connaître le pied qui peut boiter.

— Moi aussi, et je sais que Foot est aussi bêtement vaniteux que toi. Je ne les autoriserais pas par fierté d'empêcher quelqu'un de vous traiter de « lâche » en vous réprimant pour ne pas vous tenir tête ni à vos hommes.

« Ils peuvent le faire sans votre consentement.

— Je n'ose pas dire non, mais par anticipation, c'est vous qui devez vous garder jusqu'à ce que vous receviez la réponse de Foot.

« Comment vais-je me sauver si je n'en connais aucun ? Je resterai ici jusqu'à la fermeture du magasin.

Elle a corrigé la réclamation.

« Pas ici précisément. Non pas que je me soucie de votre présence, mais je ne veux pas que quiconque interprète mal mon hospitalité envers vous. Il y en a beaucoup qui aspirent à quelque chose de moi, et si j'ai fait preuve de talent dans quelque chose, c'est en traitant tout le monde de telle manière que personne ne croit avoir plus de droit qu'un autre ni plus différé que les autres. Foot lui-même est sérieusement amoureux de moi pour une raison quelconque et n'a pas réussi à me faire traiter mieux ou pire que les autres dans ce domaine. Je me débrouille très bien de cette façon et j'évite les complications et les responsabilités.

« Je veux le comprendre. C'est ce qu'on appelle le flirt.

Flirt pratique si vous voulez.

« Et je pense que vous vous débrouillez bien. Chacun est administré comme bon vous semble. Je dois avouer qu'en te traitant, je t'aime davantage.

« Ne me flattez pas, je vais m'évanouir. Celui qui vous aime est Betty.

« J'ai un cœur capable d'en admettre quelques plus petits que le mien.

«Mais le mien est trop gros pour tenir dans une cage comme celle-ci pleine de rythmes étranges. Je n'admettrais pas de frictions gênantes.

"Eh bien, ne parlons plus de cette affaire, qui n'a pas l'air de lui plaire. Comment va Betty ?

«Je pense que si vous la laissez se reposer ce soir, elle gagnera beaucoup. Je pense que vous n'avez pas les oreilles pour écouter votre courtoisie avec sérénité.

« Pour ma part, repose-toi. Il y a de très jolies filles en bas avec qui je peux passer le temps avec bonheur... Veux-tu trinquer avec moi ? Puisque vous m'avez rappelé pour commander plus tôt, je vais rectifier mon impolitesse.

Stuart remplit leurs verres en lui en offrant un. Puis le verre est entré en collision.

"Pour la femme la plus suggestive et la plus intelligente que j'aie jamais rencontrée dans tout l'Occident", a déclaré Stuart.

"Pour le seul homme dont je me soucierais jamais s'il était capable d'une telle chose," répondit Agnès.

"Merci. Cela me rend plus fier que tout ce que Foot a à offrir.

« Tu es doué pour ça. Parce que si vous élevez vos ailes trop haut, il est un bon chasseur et pourrait vous offrir une once de plomb dedans. Ne continuez pas à boire au cas où.

« Merci pour le conseil, que je vais essayer de suivre… Ah, un plaidoyer ! Si vous observez quelque chose d'étrange, faites-le moi savoir comme vous pouvez, même si c'est en m'envoyant un baiser du bout de vos doigts fins qui ressemblent à dix fins papillons aux ailes roses. Je ne suis pas sûr de tous jusqu'à ce que Foot décide de me présenter officiellement à ses hommes.

"Eh bien, je vais faire attention.

Ils descendirent dans le salon. Celui-ci, bondé de public, était en plein maelström. La roue de la roulette battait son plein et un jeu passionnant de Pharaon avait été mis en place, la clientèle guettant les jeux passionnants. C'est peut-être pour cette raison que la nouvelle présence de Stuart est passée presque inaperçue, et peu ont remarqué le couple alors qu'ils descendaient le somptueux escalier.

Lorsqu'ils arrivèrent au salon, Stuart jeta un coup d'œil autour de lui et remarquant que les filles étaient toutes fiancées à divers clients, il changea d'avis et décida de s'essayer à la roulette. Cette nuit-là, il se considérait comme un homme de fortune et voulait voir jusqu'où cela irait.

Debout derrière les pointes qui occupaient les sièges, il commença à placer les jetons qu'il avait échangés. La fortune, comme il le croyait, se mit à lui sourire et une demi-heure plus tard, il gagnait quelques centaines de dollars.

Agnès, assiégée de quelques bons clients, s'assit avec eux à la table qu'elle gardait toujours réservée à son usage. C'était un magnifique observatoire pour garder une trace de la porte tournante et contrôler tous ceux qui entraient ou sortaient du tripot.

Jusqu'à environ une heure, ses yeux ont pris un scintillement particulier lorsqu'il a découvert trois retardataires qui venaient d'entrer. C'était Jessup et ses deux compagnons, et à la façon dont ils regardaient autour de la pièce, surtout le premier d'entre eux, il devina que leur présence n'était pas accidentelle, mais qu'ils venaient avec un but préconçu.

Demandant la permission à ses compagnons, il se leva et se précipitant entre les tables parvint à se ranger du côté de l'aventurier, très amusé à suivre les tours capricieux de la boule d'ivoire. Elle lui donna un coup de coude et murmura :

« Stuart, arrête de jouer et garde un œil sur ces trois gars qui se tiennent près de la porte. Ils appartiennent au gang de Foot et je ne peux pas me dire si leur visite est accidentelle ou préméditée.

"Merci. Mon cœur me disait que quelque chose comme ça pourrait arriver. Ne vous inquiétez pas, ils ne me surprendront pas.

« Attention surtout au plus grand au milieu du groupe. Son nom est Jessup et il est l'un des hommes les plus dangereux et sans scrupules de toute la bande.

Elle fit le tour de la table avec désinvolture comme si elle était intéressée à garder un œil sur les incidents du jeu, et lorsqu'elle la quitta, elle se mit à marcher vers la porte comme si elle n'avait pas remarqué la présence des trois indésirables.

A ce moment, les deux compagnons de Jessup se séparèrent de lui, prenant place à une table qui venait d'être libérée, tandis que Jessup, debout, errait dans la pièce de ses yeux gris et méchants, comme s'il cherchait à découvrir par lui-même qui il était et où était celui qu'il cherchait.

Agnès, souriante et sereine, après avoir prévenu l'inconnu, s'avança vers Jessup et, le fixant, lui demanda :

"Salut Jessup, qu'est-ce que tu fais là à flipper ? Tu ne trouves pas de siège où tu peux être à l'aise ?

« Cela vous intéresse beaucoup, Agnès ?

« Non, mais je pense que si tu étais dans ton lit, tu serais bien mieux qu'ici. Le froid qui souffle ce soir est très dangereux pour certains tempéraments comme le vôtre.

« Mes os sont très résistants contre ce genre de températures, Agnès, tu devrais le savoir. Même le plomb manipulé avec une main perfide n'est pas capable de m'achever comme il l'a fait avec Fred.

« Ça dépend d'où tu souffles et comment tu souffles, Jessup. Tu oublies que des hommes aussi têtus que toi, meilleurs que toi, avec un fusil à la main et avec plus de cartel de voyous gisent doucement dans notre cimetière, dont Fred.

« Fred était stupide et ivre. Je suis plus intelligent et je n'ai pas bu.

«Je n'étais pas ivre Jessup, je peux vous assurer parce que j'ai vérifié. Vous feriez mieux de rentrer chez vous ou de visiter d'autres endroits plus joyeux que celui-ci. Je ne pensais pas que Foot était capable de concocter des choses qui le discréditeraient aux yeux du peuple.

Le tireur se hérissa et répondit :

"Au diable Foot ! Cela n'a rien à voir avec ça, qui est mon affaire personnelle. Quelqu'un a tué Fred, qui était mon ami, et je veux savoir où il est et s'il peut me faire la même chose.

« Vous suffit-il que je vous assure que je ferais de même ? Vous savez déjà que je connais bien les hommes et je sais ce que presque tous sont capables de donner d'eux-mêmes. Ayant vu comment « votre ami » est tombé, je peut vous assurer. Je ne savais pas que vous aviez tant d'amour pour lui maintenant qu'il ne peut plus vous éclipser

Jessup, irrité par les ironies perçantes d'Agnès, qu'il haïssait pour sa hauteur et son agressivité, grogna :

« De quoi parles-tu, perroquet repeint ? Éloignez-vous des hommes et restez en dehors de leurs affaires. Vous induisez Foot en erreur, et si je prends la position de Fred, je pense que le fait que vous soyez le seul à ne pas trader comme les autres va prendre fin.

Agnès, furieuse, répondit :

« Si j'étais un homme, je t'aurais giflé ou mis une once de plomb dans ta bouche pour mettre fin à ta vantardise. Si Foot avait eu le mauvais goût et le tact de vous nommer son second, il lui interdirait, ainsi qu'à vous, de venir ici, et il ne paierait pas un centime. Pour me défendre et défendre mon entreprise j'en ai assez et je suis assez. Ou pensez-vous que je suis sans surveillance en attendant qu'un gars comme vous vienne me menacer ?

"Ne lancez pas de défis, car je ne les admets pas, au diable vos vieux os" rugit Jessup exaspéré. Je suis venu tuer ce type pour remplacer Fred plus tard, et quand je l'aurai envoyé en enfer, nous verrons si Foot continue à être stupide et ne vous oblige pas à contribuer. Vous aurez beaucoup de problèmes avec nous tous si vous ne le faites pas.

« J'ai bien peur qu'il n'en ait pas, si c'est vous qui le leur demandez. Comment voulez-vous le tuer, par derrière, quand il dort, ou voulez-vous qu'il soit attaché pour qu'il ne vous fasse pas peur quand vous dessinez ?

« Moi avec ça ? Je suis trop homme pour me débarrasser de lui face à face et sans avantage.

« Et ces deux-là qui t'accompagnent, que vont-ils faire ?

« Ils n'ont rien à voir avec cette affaire. Ils seront de simples spectateurs quoi qu'il arrive, car je les ai invités à assister au duel.

« Je ne te connais pas, Jessup. Êtes-vous vraiment prêt à agir comme un homme ?

« Laissez ce type sortir du trou où il se cache et montrer son visage. Ensuite, je vais vous montrer.

A ce moment, Stuart, qui s'était avancé pour se tenir adossé à l'une des colonnes centrales et sa cigarette pendant de sa lèvre, dit avec un accent glacial :

« Va-t'en, Agnès, rien ne va avec toi. J'ai entendu assez de bravade et de bêtises pour m'ennuyer. Je t'attends, Jessup.

Il le dit fort et avec un accent blessant. Les clients, en l'entendant, tournèrent la tête tendue et des dizaines de paires d'yeux se fixèrent sur le couple.

Stuart, légèrement appuyé sur la colonne vertébrale, avait son bras gauche appuyé contre elle, sa cigarette écrasée sur ses lèvres minces et moqueuses, son bras droit flasque le long de son corps. Ses yeux possédaient une étrange lumière de moquerie et d'amusement, et ses petites lumières malveillantes produisaient chez Jessup un malaise et une rage incontrôlables, car dans sa longue expérience de tireur, il avait contemplé et scruté de nombreux yeux lorsqu'il s'agissait de se défendre et il connaissait ces qui étaient malveillants et moqueurs. ils ont rendu leurs propriétaires plus redoutables.

Ce moment d'hésitation semblait être un signe tardif de regret, quelque chose comme une voix l'avertissant qu'il avait sur-jugé quelqu'un qu'il ne connaissait pas à l'avance et qu'il valait mieux reculer.

Mais il était trop tard pour le faire. Rien de plus humiliant pour lui qu'une rétractation devant tant de monde, alors que sa bouche n'avait été qu'un tas de menaces et de présomptions insensées.

Il devait tenir le type et il n'y avait pas d'autre solution. Il savait que son ennemi attendait le moindre mouvement de sa part pour l'imiter et il se demandait s'il pouvait réellement être plus rapide que lui tirant le poulain. Ce furent de brèves secondes qu'il hésita, bien que cela lui parût un siècle à cause de la multitude de réflexions qui s'étaient déroulées en si peu de temps. Il a dû résoudre cette situation dramatique une fois pour toutes, et finalement il a pris sa décision.

Son bras se pencha rapidement jusqu'à sa taille et ses doigts s'accrochèrent à la crosse de l'arme. Elle savait qu'une fois emprisonnée, elle s'en sortirait en douceur et qu'il n'y aurait plus personne qui pourrait éviter ses effets mortels.

Il le fit à une vitesse vertigineuse, même s'il lui semblait que cela lui avait pris des minutes interminables pour le faire, mais quand il sentit le mouvement libre de sa main, il respira avec une joie sauvage et plia à nouveau son bras pour tirer.

Tout allait aussi vite que sa propre pensée, qui semblait suivre la performance de son bras période par période, et pourtant elle n'obtenait rien. Alors que le pistolet se redressait pour tirer, il sentit son bras trembler comme si un trou avait explosé dedans, et la main semblait avoir pénétré de manière inattendue un brasier chauffé au rouge. Il entendit une explosion, mais avec des vibrations lointaines, puis une autre. Cette fois pour sentir dans son estomac comme si une flèche enflammée avait pénétré jusqu'à ce qu'elle transperce sa colonne vertébrale.

Et il est tombé comme une masse après plusieurs secondes de miraculeusement debout, tout en se balançant grotesquement avant de tomber.

Cette fois, il n'y a eu ni cris des clients, ni murmures ni commentaires. Seul un silence angoissé et solennel, quelque chose qui serrait les gorges et faisait frissonner la moelle, car tous avaient vu comment l'étranger s'était dangereusement recréé en laissant son ennemi tendre la main à son côté avant qu'il n'entame le moindre mouvement.

Et pourtant, cela avait été plus rapide. Son premier projectile, sans doute par précaution, était dirigé sur la main de son adversaire, la détruisant et la rendant inutile pour l'agression, puisque le revolver était projeté en l'air, et le second le dirigeait vers son ventre. Tir mortel et il n'avait certainement pas d'échappatoire.

Mais Stuart n'a pas holster. Il se tenait debout avec le poulain tendu, attendant la réaction des deux compagnons du mort, mais eux, les mains posées sur la table et un peu pâles d'émotion, n'osaient pas faire un geste.

Agnès se tourna vers eux pour leur demander :

« Qu'est-ce que vous avez l'intention de faire maintenant ?

L'un d'eux a répondu :

« Allez rapporter au patron ce qui s'est passé. Nous ne sommes venus que parce que Jessup nous y a fait faire. Foot n'est pas intervenu là-dedans, car il lui a dit d'attendre demain, qu'il arrangerait loyalement le duel. Jessup voulait remplacer Fred et ne l'a pas admis comme deuxième.

— Eh bien, allez-y et racontez-lui ce qui s'est passé. C'est mieux pour tout le monde.

Et les deux hommes armés ont quitté les lieux surveillés par "la Beauté californienne" et par Stuart, qui ne les a pas perdus de vue jusqu'à ce qu'il les ait vus partir.

CHAPITRE VII

UNE FEMME DANGEREUSE

Agnès n'était pas disposée à laisser sa maison devenir l'antichambre ou la salle de stockage du cimetière, elle a donc ordonné à ses hommes de prendre le corps de Jessup et de l'enlever des lieux. Il avait déjà retenu le corps de Fred par considération pour son ami Foot, mais l'affaire ne pouvait pas se répéter. Il suffisait que cette fois et d'autres fois, les hommes aient été abattus au milieu de la pièce, tachant le parquet et causant les dommages qui en ont résulté.

Lorsque l'établissement fut à nouveau nettoyé, Stuart, se rendant compte des spectacles qu'il avait donnés dans le joint, commenta :

— J'ai bien peur de ne pas venir souvent ici, Agnès. Je lui cause des troubles et le diable sait bien que ce n'était pas mon intention, ni que je les ai causés par plaisir.

"Ne vous inquiétez pas", dit-elle en riant sarcastiquement, "Des scènes comme celle-ci se sont développées beaucoup dans cette maison, comme dans d'autres du genre. C'est un hommage dont nous ne sommes pas exempts, même si je dois admettre que je n'avais pas vu quelqu'un se tordre sur le sol comme un lézard depuis longtemps, et il n'avait pas non plus senti la poudre à canon.

Stuart, qui craignait de nouvelles représailles de la part du gang de Foot, a déclaré :

«Je pense que la meilleure chose que je puisse faire est de partir. J'empêcherai ces événements de se répéter.

Elle le prit par les épaules et dit :

« Ne sois pas pressé, Stuart. Asseyez-vous et prenez un verre.

Elle l'emmena à sa table, où elle le fit asseoir, en leur ordonnant de lui donner à boire. Puis il s'excusa un instant et monta à terre.

Il était déjà très tard et le bruit dans le salon allait progressivement s'atténuer. Agnès se rendit dans la chambre où elle avait laissé Betty. Elle était toujours allongée sur le lit de "California Beauty" et semblait moins nerveuse.

"Comment te sens-tu, ma fille ? demanda Agnès.

« Bien, plutôt bien. Je pense que je suis en mesure de me lever et de retourner à...

" Inutile. C'est trop tard, Betty.

« Il s'est passé quelque chose là-bas ? demanda la fille avec effroi.

"Pourquoi demandes-tu?

"Eh bien... parce que j'ai cru entendre des coups de feu et...

"Ne t'inquiète pas. C'était une légère bagarre de tous ceux qui sont provoqués. Je pense que si tu es en forme, tu peux rentrer chez toi. Il est déjà très tard et ça ne vaut pas la peine que tu rentres dans la pièce pendant une demi-heure .

"Si vous ne pensez pas que c'est pratique...

« Oui, c'est mieux pour vos nerfs.

La fille se leva. Elle était encore pâle et flasque d'émotion. En fixant ses cheveux en bataille, elle a posé une question :

« Pensez-vous que... quelque chose va arriver à cet homme pour être intervenu dans... ?

« Ne t'inquiète pas pour lui, Betty, et oublie-le. J'ai déjà réglé cette affaire avec Foot et il ne se passera rien, mais... Je pense qu'il est dans votre intérêt et pour que tout le monde ne soit pas trop impressionné par cet homme. Tu sais que je n'aime pas les filles pour mes affaires qui se laissent dominer sans retenue par un homme. Outre le fait qu'ils sont distraits et ne remplissent pas leur mission avec joie et sans contrainte sentimentale, il y a l'inconvénient de la pression qu'ils exercent sur vous, vous inhibant et nuisant à mon entreprise.

» J'espère que tu réalises ce que je te conseille, car je t'apprécie et je sentirais que je devais faire sans toi comme je l'ai fait sans les autres que tu connais déjà.

Betty, en balbutiant, répondit :

« Oui, oui, madame. Je m'en rends compte et je vais essayer de lui faire plaisir.

« C'est très vague. Essayer n'est pas être sûr de le faire. Vous ne devez pas être impressionné et continuer comme vous étiez. Vous savez que moi, en tant que femme, je sais comment bien vous traiter et qu'en aucun autre endroit vous ne seriez choyée comme je le fais. Hormis le fait qu'il n'y a aucun propriétaire ici qui essaie de s'imposer à vous. Occupez-vous de votre travail si vous ne voulez pas passer bêtement de l'un à l'autre.

Betty a fini de réarranger un peu l'ordre de sa coiffure et a commencé à partir. Alors qu'il allait sortir à la galerie pour descendre au tripot, Agnès intervint, lui barrant le chemin et prévint :

"Non, pas là. Sortez par cet autre chemin, car ils n'ont pas besoin de vous voir. Ils feraient mieux de continuer à croire que vous vous reposez de l'émotion.

Betty ne semblait pas très satisfaite de la commande. Il aurait aimé revoir Stuart, fût-ce en passant, et le remercier de son intervention courageuse, mais après les avertissements d'Agnès il n'osa pas se rebeller.

Humblement, il sortit par la porte qui communiquait par un couloir avec l'escalier réservé isolé du tripot. Agnès, trop soucieuse, l'accompagna jusqu'à la porte en lui conseillant :

« Emmitouflez-vous bien car la nuit est devenue trop froide. Si vous ne vous sentez pas bien demain, faites-le moi savoir et vous pourrez prendre quelques jours de congé. Je te paierai le salaire comme si tu avais agi et avec les autres je pourrai bien m'arranger.

« Merci beaucoup, vous êtes très gentil, mais je ne me sens pas mal. La frayeur est terminée et je pourrai jouer demain.

"Tout ce que tu veux. Au revoir, Betty.

Agnès prit la promesse d'un air équivoque et resta à la porte à la regarder partir, jusqu'à ce qu'elle disparaisse dans l'ombre de la route. Lorsqu'elle fut sûre qu'il ne reviendrait jamais, elle remonta dans ses chambres, se contempla dans la glace, arrangeant coquettement ses cheveux bouclés, réarrangea soigneusement son maquillage, bien qu'il ne se soit pas décomposé, et redescendit l'escalier de la galerie jusqu'à la tanière.

A cause de cette manœuvre féline, Stuart n'avait pas entendu parler du départ de Betty et espérait voir la fille quand elle partirait. C'est la raison pour laquelle il accepta l'invitation d'Agnès et resta malgré l'heure tardive.

« La beauté californienne » s'assit à côté de lui et l'invita à boire à nouveau. Il le soutenait en levant son verre pour lui porter un toast et avec habileté il le divertissait, tandis que les clients défilaient petit à petit, jusqu'à ce qu'il ne reste plus que les retardataires, à qui il fallait prévenir qu'il allait fermer.

Il était tôt le matin quand Stuart, fatigué, se leva en disant :

« Je dois y aller, Agnès. Je suis épuisé.

Elle, souriant de façon suggestive, commenta :

— Oui, tu as l'air un peu fatigué, Stuart, et tu devrais te reposer. Attendez quelques minutes.

Il la regarda avec inquiétude. Cette confiance soudaine en lui semblait hautement suspecte et il était sur ses gardes.

Agnès a appelé le gérant et lui a donné l'ordre de fermer. Puis, se tournant vers Stuart, il supplia :

« Veux-tu m'accompagner un instant en haut ?

Stuart hésita. C'était comme s'avancer avec un excès de confiance et se retrouver empêtré dans un maillage subtil qui le retenait.

Il était sur le point de refuser, mais alors, croyant qu'il l'invitait à l'étage pour dire au revoir à Betty, il accepta. Il ressentait une attirance particulière pour la fille et aimerait savoir si elle s'était calmée. Peut-être qu'Agnès voulait le supplier de l'accompagner, et ce serait bien pour lui.

Lorsqu'ils arrivèrent au cabinet, Agnès désigna un fauteuil en disant :

« Asseyez-vous et prenez un verre. Cela vous tonifiera.

Encore une fois, ce tuto le fit se sentir mal à l'oreille. Il commençait à s'alarmer et décida de ne pas accepter le siège. Il a juste rempli le verre en disant :

« Je vais bien sur mes pieds. Dis-moi ce que tu veux, Agnès.

Elle, essayant de cacher sa colère, demanda :

« À quel point êtes-vous violent à côté de moi ? » Je ne pense pas être une personne qui mange des enfants crus.

« J'ai quitté l'enfance il y a longtemps, Agnès. Ce ne sont pas les dents des femmes que j'ai peur.

« De quoi as-tu peur d'eux alors ?

« À ses lèvres.

"Très galant. Je pensais que c'était la chose la moins effrayante.

"Moi. Autant de fois que je me suis laissé séduire par eux, autant de fois que j'étais au bord de l'échec. Si en temps normal je me méfiais, ce n'est pas mon meilleur moment pour oublier les leçons apprises.

« Est-ce que cela signifie d'une manière sournoise que vous me trouvez peu attrayant pour vous ?

Il a compris qu'il y avait une menace cachée derrière la question et de nombreuses réflexions en vue de l'avenir ont traversé son imagination. Il avait pu voir ce que pesait cette femme à San Francisco, surtout parmi les gens de la pègre, et plus particulièrement dans l'esprit de Foot, et il ne voulait pas se mettre devant elle en ennemie et en femme rancunière. Elle pourrait encore lui être utile, jusqu'à ce qu'elle soit une puissance libérée de toute peur, et il répondit rapidement en s'avançant vers elle.

« Écoute, Agnès, je ne te mens pas si je te dis que je trouve en toi les plus grands attraits que j'ai trouvés chez peu de femmes. Dès le premier instant j'ai cru que tu étais une exception à la règle en ce sens et tu m'as attiré comme peu d'autres, mais j'aimerais que tu me comprennes. Je me connais. Si de jolis yeux croisent mon chemin et que je me laisse éblouir par eux, je suis un homme perdu, du moins jusqu'à ce que je me réveille de Je ne fais rien à droite et j'oublie même qu'il y a peut-être à deux pas de moi la gueule de quelques poulains qui m'attendent pour chasser la laisse de mon dos.

"J'ai eu l'occasion de vous étudier et j'en suis venu à croire que vous pouviez me rendre fou, ce que je n'ai jamais détesté en ce qui concerne les femmes, mais cette fois, l'instinct me dit d'attendre. Je ne vous méprise pas, au contraire , je pense qu'on ferait un excellent couple de démons dans cet enfer plein de flammes, mais j'aimerais qu'on le forme quand on est au dessus de ses chaudières et qu'on ne craint pas qu'on s'y brûle.

« Je suis venu avec un objectif déterminé que je n'abandonne pas pour rien. Donnez-moi le temps précis de conquérir San Francisco par mes propres moyens, et quand j'en serai propriétaire... ouvrez vos bras et fermez-les pour ne pas me lâcher, mais laissez ces revolvers qui peuvent désormais menacer ma vie être sa sauvegarde. Alors cela ne me dérangera pas de fermer les yeux et de ne pas regarder en arrière sachant que rien ne me menace.

Elle l'écouta tendu et le fixa. Elle l'avait pris pour un homme étrange, mais il le trouvait plus qu'il ne le pensait, et dans cet examen silencieux mais intense, il semblait le percer jusqu'au fond de son âme, pour savoir s'il lui mentait ou s'il parlait vraiment. avec une sincérité grossière.

Enfin il répondit :

« Écoute, Stuart, je suis une femme qui a survolé toutes les passions humaines, car je n'ai jamais trouvé l'homme exceptionnel qui ferait vibrer en moi le fil caché de la sentimentalité. Il y en a beaucoup ici qui se croient exceptionnels parce qu'ils sont sauvages. et des bêtes aveugles qui savent manier un revolver et croient que c'est la suprême exception.

Non, ce n'est pas ça, et je n'ai jamais été ému. L'homme que j'ai désiré et que je n'ai pas pu trouver doit avoir d'autres qualités étranges, qu'en quelques heures j'ai trouvées en toi, et tu es celui qui est arrivé quand j'étais fatigué d'attendre. Je voudrais que vous vous en rendiez compte et que vous me parliez sincèrement et que vous ne me trompiez pas.

Je peux faire beaucoup pour vous et contre vous, mais je suis un ami ou un ennemi fidèle. Je veux que vous soyez le même et que vous sachiez sur quel plan nous pouvons nous unir ou nous battre. Vous êtes à l'heure et c'est vous qui devez décider.

Il, non affecté par la menace, a répondu:

— Je t'ai dit ce que j'avais à dire, Agnès. Pour l'instant, j'aimerais ne pas avoir de complications autres que celles que l'environnement pourrait me créer. Laissez-moi les résoudre sans avoir l'esprit occupé par des choses qui pourraient me distraire. Quand tout sera fini, on en reparlera.

"C'est bon, Stuart. Dans ce cas, va-t'en. Cette porte est ouverte pour toi chaque fois que tu veux venir. J'espère que je n'aurai jamais à te dire le contraire.

"Ne t'inquiète pas, ma chérie, tu ne me le diras pas," dit-il.

Il s'approcha et lui donna un baiser. Puis, avec un salut doux, il recula en disant :

« Repose-toi, Agnès, et à demain.

Il est parti par la partie réservée du joint. Agnès le suivit d'un regard brillant jusqu'à ce qu'elle le voie disparaître, puis elle se laissa retomber dans le fauteuil, le visage tendu.

Elle remplit le même verre dans lequel Stuart avait bu de whisky et, le vidant à petites gorgées, elle se livra à un monologue sifflant, dans lequel, libre de témoins, elle mit tout le culot et la volonté dont elle était possédée.

"Je l'aime", a-t-il dit, "Je l'aime parce qu'il ne ressemble à personne avec qui j'ai eu affaire jusqu'à présent. Je l'aime et je ne permettrai à personne de me le prendre. Je ne sais pas s'il veut me tromper ou est sincère en parlant. Quoi qu'il en soit, je suis une femme qui n'abandonne pas quand elle aspire à quelque chose, et si elle essayait de jouer avec moi ... comme Agnès est mon nom, elle le ferait souviens-toi de moi pour toujours. Je suis une femme, mais avec du courage et de la cruauté, personne ne me gagne. Je lui rendrais la vie misérable et... je suis même capable de le tuer malgré sa maîtrise des armes. "

Et jetant le verre d'une claque, il alla dans sa chambre s'adonner à un repos qui cette nuit devait être plus que du repos, une terrible agitation.

* * *

Lorsque Stuart s'est réveillé le lendemain, il avait extrêmement soif et avait un palais sec et dur. Il avait bu plus que d'habitude et les émotions qu'il avait subies la nuit dernière avaient fait des ravages sur lui.

Il a promis de ne pas abuser de la boisson à l'avenir. Il ne suffisait pas de voir ses facultés diminuées à une époque où son avenir se jouait sur une carte très indécise.

L'eau dans la cruche en laiton était glacée. La nuit avait été rude et le liquide l'accusait. Il a rempli le bassin et s'est battu fort. La fraîcheur de l'eau lui rendit une partie de son énergie.

Et avec eux lui vint à l'esprit, avant tout, la figure d'Agnès.

Quelle étrange femme ! Il a "marmonné". Ce serait bien s'il avait vraiment le béguin pour moi ! C'est une éventualité à laquelle je n'avais pas pensé et à laquelle maintenant je dois bien réfléchir. "

Il avait vécu si longtemps en si peu de temps qu'il connaissait la valeur de ces aventures passagères, mais il connaissait aussi certains tempéraments, trop dangereux pour être écartés frivolement quand il s'agissait d'en toucher les conséquences.

Et il n'était pas disposé à enchaîner sa vie à "California Beauty" car il la considérait comme un plat trop fort pour son estomac délicat. C'était une femme trop sage et volontaire, qui pouvait compliquer son existence frivole, et ce dont il avait besoin en ce moment, c'était la liberté d'action, la liberté de manœuvrer à volonté et de réaliser ses plans ambitieux.

A ces considérations, il fallait en ajouter d'autres. Il était sûr de rejoindre le gang de Foot et ne pouvait ignorer que Foot avait le béguin pour Agnès. Si pour une raison quelconque elle découvrait qu'il avait croisé sa route, même sans le vouloir, les choses allaient devenir trop compliquées et cela pourrait être un mauvais service pour eux deux.

Et finalement, sans s'en rendre compte, il se souvint de Betty. C'était en effet une femme qui l'attirait de son plein gré et non par imposition des caprices des autres. Elle ne dédaignait pas que sur le plan moral elle n'était peut-être ni meilleure ni pire qu'Agnès, mais c'était une tout autre affaire. Une femme qui se laisserait dominer, mais qui n'essaierait pas de le dominer en tant que « California Beauty ».

Il a dû clarifier les positions. Si l'affaire n'allait pas plus loin, il n'aurait rien à opposer, mais si elle avait fait des calculs plus poussés, l'affaire allait avoir tort d'harmoniser leurs relations. Il savait ce qu'elle pouvait peser en tant que femme méchante et avait plus peur d'une femme dans de telles conditions qu'un homme avec un poulain à la main.

Enfin il s'habilla et descendit déjeuner dans la salle à manger. Après cela, il descendit dans la rue en flânant à la caresse du soleil matinal, et sans s'en rendre compte, instinctivement, il entra dans la rue principale.

Le joint d'Agnès était fermé. Il était content et a essayé de passer. D'ici là, la nuit, il aurait le temps de réfléchir et de prendre une décision au sujet d'Agnès.

Mais il avait à peine avancé de quelques pas, qu'il la découvrit en train de taper sur les faux trottoirs. Elle portait une robe de couleur rose criarde avec de gros volants et des manches à froufrous bien ajustées aux poignets, et le col haut en dentelle convenait à sa gorge toujours galbée.

Elle couvrit ses cheveux d'un chapeau à bord très haut sur le devant et tombant sur les côtés, qui était ajusté à sa gorge par un ruban de soie, tandis que ses mains, qui balançaient le sac de soie, semblaient couvertes jusqu'au coude par les mitaines de dentelle.

Même si elle n'était plus une fille, elle était toujours attirante et attirante. C'était une femme sage, qui savait rehausser ses charmes mûrs avec malice et distinction.

Quand elle a découvert Stuart, elle a souri avec grâce et il a répondu au sourire de la même manière, s'avançant vers elle et se découvrant comiquement.

« La reine de San Francisco peut-elle me permettre de vous baiser la main ? »

« J'aime les baisers plus savoureux, Stuart.

« On ferait scandale dans cette modeste ville si j'osais t'embrasser sur la bouche en pleine rue. Allons-nous le laisser pour la vie privée?

« Nous allons le garder pour votre temps, Stuart.

"Oh, ça me donne des frissons d'excitation. Une petite femme si placide et soumise à un homme; Mais dis-moi, est-ce que tu viens briser les cœurs à travers les rues de la ville sauvage ? Parce que vous n'allez pas me dire que vous êtes un si bon dévot que vous venez de la messe.

« J'irai à l'église le jour où je le ferai avec ton bras.

« Ce jour-là, ils devront élargir la porte de la cathédrale pour que nous puissions passer. Je songerai à leur recommander d'élargir la porte. D'où viens-tu ma belle ?

« Pour travailler pour votre cause, ma chère. J'avais besoin d'éclaircir la nuit dernière et de savoir à quoi pensait Foot. Je n'étais pas tout à fait sûr qu'il n'était pas impliqué dans l'affaire Jessup et je voulais le préciser. Heureusement, tout est prêt. Jessup était en avance sur les événements et c'était lui qui ne faisait plus rien.

« Je suis content d'entendre... pour nous deux.

« Vous serez également heureux d'apprendre que Foot a décidé de vous donner la position de Fred et vous attend dans une heure pour faire votre présentation à ses hommes. Je pensais aller à ton hôtel pour te prévenir.

« Êtes-vous allé lui demander de le faire ? Il a demandé d'une voix dure.

"Je te jure que non. C'était quelque chose qu'il avait décidé depuis hier soir de te donner ce poste. Je suis juste allé m'assurer qu'il n'y avait pas eu de tricherie.

« C'est autre chose et j'apprécie vos bons offices, mais je n'aime pas que les femmes deviennent mes baby-sitters.

« Tu as l'air trop fier, Stuart, et tu oublies qu'une femme, surtout comme moi, a de la force.

— J'ai le mien et pour ces choses-là cela me suffit, Agnès. Si vous voulez que nous soyons de bons amis, restez en dehors de mes affaires. Vous me rabaisseriez aux yeux de ces gens et vous compliqueriez votre vie en même temps, ce que je ne veux pas, car je veux vous éviter de vous faire du mal.

"Pourquoi allait-il la compliquer? Maintenant, vous avez atteint une bonne position et ...

"Cela ne me suffit pas, je vous l'ai déjà dit. J'aspire à être autant que n'importe qui d'autre, et le fait que je profite de cette marche pour la gravir ne veut pas dire que je m'arrête au milieu de l'échelle. Je montera au sommet, poussant celui qui est au sommet, et je tiendrai ou tomberai, mais je ne serai pas à mi-chemin.

« Que voulez-vous dire, vous vaniteux ?

« Que je ne donne pas à Foot plus de valeur que ce qu'elle doit être le propriétaire absolu de quelque chose. J'aspire à le supplanter un jour plus ou moins proche et c'est pourquoi je veux que vous restiez sur la touche. Vous seriez impliqué dans le combat et vous le sentiriez. Vous semblez oublier qu'il ressent beaucoup pour vous et que s'il soupçonne que vous ressentez pour moi et que je rends la pareille... vous rendez-vous compte des nombreuses choses qui pourraient arriver et aucune n'est agréable pour tout le monde ?

"Cela ne m'inquiète pas. Quand j'ai voulu quelque chose, je me suis battu pour cela sans peser les conséquences.

« C'est très héroïque, ça, mais ça a ses inconvénients... Je pense que pour l'instant il vaut mieux oublier hier soir et reporter beaucoup de choses et attendre les événements sans les compliquer.

"Oublier ça ? Non. Remettre ça ? Enfin, mais pas pour Foot... pour toi si c'est ce qui t'intéresse.

"Je suis intéressé parce que je veux choisir le moment pour lui montrer que je me soucie très peu de son pouvoir, de sa renommée et de son courage.

"Ne sois pas vaniteux. Tu obtiens des choses qui...

« Que je n'aie pas cherché, c'est la vérité », a-t-il réfuté, « et c'est pourquoi je ne veux pas accepter plus de responsabilités que celles que je cherche pour moi-même et non pour les autres.

Agnès durcit les traits de son joli visage.

Pendant longtemps, des dizaines de durs et de doux, de hardis et de timides, de riches et de pauvres, l'avaient assiégé insensiblement par des supplications, des cadeaux et des menaces, les méprisant sèchement et sans crainte.

Et à ce moment-là, où il s'était laissé influencer par l'attrait de ce type aventurier qu'il connaissait à peine, mais qui avait eu l'attrait irrésistible de maîtriser son orgueil et son entêtement, il était hautain, sec et dur, méprisant ou abusant cette passion naissante qui commençait à lui brûler la poitrine et pour laquelle bien des hommes auraient mis leur vie et leur fortune à ses pieds.

Furieuse, elle s'avança vers lui en lui répondant :

« Si ça ne vous intéresse pas, pourquoi cette comédie d'hier soir ? Pourquoi m'as-tu fait croire que...?

Celui-ci, se rendant compte que cela la rendait furieuse et qu'il ne lui convenait pas de le faire, s'adoucit et répondit :

« Ne grimpe pas dans l'arbre en interprétant mes paroles d'une manière qui n'est pas vraie. Ce sera difficile pour vous de me comprendre, mais cela dépend de votre compréhension que vous arrivez à le faire. Je tiens à vous dire que je ne vends pas mon indépendance de mouvement pour quoi que ce soit ni pour personne. En dehors de ma performance personnelle, dans les heures où je n'ai rien à me consacrer, j'admettrai ce que vous voulez, mais rien de plus qu'alors.

» Je veux savoir que je ne porte pas sur mon dos un fardeau qui pourrait me faire du mal, car le souci de devoir me défendre de face suffit. En ce moment, je m'intéresse à l'amitié de Foot et à son adhésion à son gang ; J'ai besoin de bien connaître l'environnement pour savoir où me déplacer. Plus tard, quand je n'aurai plus besoin de lui, il sera temps de discuter avec lui et de voir qui des deux a le plus de force, mais si vous compliquez les choses, je perdrai toutes les possibilités, et pour les perdre, il suffira de qu'il se sente en colère contre toi et me prenne. entre les yeux. Voulez-vous le comprendre tout de suite?

Agnès parut rassurée par cette explication ambiguë et répondit :

« Tu veux dire que ce qui t'intéresse, c'est que notre amitié reste un secret... pour l'instant.

"Justement. Et qu'aux yeux des gens vous me traitez comme vous traiteriez n'importe qui d'autre. Ainsi, je pourrai me déplacer librement, en évitant d'anticiper les événements.

"Eh bien, si c'est ce que tu voulais dire, je saurai attendre ton bien, mais si à un moment tu as besoin de mon aide, n'hésite pas à me demander.

»Je veux que vous réussissiez vos projets et deveniez ce à quoi vous aspirez à San Francisco. Vous m'avez intéressé précisément parce que vous êtes un homme ambitieux et combattant pour qui il n'y a pas de frontières, et vous me décevriez si vous vous arrêtiez à mi-chemin.

"Alors plus de bavardage. Je vais continuer à mon auberge, je te verrai dans le joint la nuit comme un client de plus pour ne pas donner lieu à des ragots que Foot pourrait ramasser au détriment de tous les deux, et le moment venu , nous penserons à l'avenir.

"D'accord, Stuart. Maintenant, va voir Foot, qui t'attend chez toi, Troisième Rue, à gauche, la dernière maison.

Stuart respira de soulagement lorsqu'il se retrouva loin du joint.

L'instinct lui dit que c'était un piège dangereux pour lui et que s'il ne trouvait pas le moyen de se débarrasser de ses barres dorées, il y serait un jour chassé comme le plus vulgaire des oiseaux.

CHAPITRE VIII

UNE VISITE COMPLÈTE

L'arrangement de Stuart et Foot n'a présenté aucune complication majeure. Après les exploits extraordinaires du premier, aucun membre de la bande n'était enclin à rejeter l'aveu de l'aventurier avec le degré que lui conférait le chef, et Foot se contentait d'avoir à ses côtés un homme aussi dur et rapide que cela, qui être une solide garantie pour votre sécurité personnelle et vos projets futurs.

Il l'emmena personnellement cette nuit-là faire le tour de la démarcation qui lui avait été assignée. Il a rencontré des propriétaires de tripots, des types méfiants avec lesquels il faut se méfier, on lui a donné les noms des éléments les plus brutaux qui se détachaient à San Francisco, têtus à travailler, fût-ce à petite échelle, dans le même environnement que lui. et Fritt avait consolidé leurs fiefs, et bientôt il avait l'organisation complète entre ses mains et il connaissait l'énorme flux d'or qui allait quotidiennement aux deux mains de son nouveau patron.

Il lui avait alloué dix pour cent du revenu total. Considérant que l'équipage avait seize ans et que Foot était le patron, obtenant sa juste moitié, sa mission n'était pas négligeable, mais Stuart la trouvait insignifiante. Néanmoins, il l'a accepté. Pour le moment, il lui restait sa part, et le jour où il déciderait d'aspirer à plus, il garderait celle de Foot.

Quelques jours plus tard, il s'est montré curieux de rencontrer les membres du gang adverse. D'un commun accord tacite, l'un et l'autre ne fréquentaient guère les établissements de la partie adverse pour éviter d'éventuelles complications, qui auraient encore envenimé les choses, et Stuart justifia le vœu en disant que précisément pour éviter toute friction avec les contraires il devait les connaître personnellement et non par ouï-dire.

« Cela vous intéresse-t-il beaucoup ? Foot lui avait demandé.

« Oui, pour deux raisons : premièrement, parce qu'aucun de nous n'est capable de prédire ce qui pourrait arriver un jour, et je n'aime pas combattre des ennemis fantômes ; et un autre, parce que je pense que... il serait plus productif et confortable de contrôler tous les magasins et de ne pas avoir à partager les revenus avec qui que ce soit.

« N'en rêve pas, Stuart » répondit Foot « ; j'ai longtemps caressé cette ambition et cela m'a coûté plusieurs mois de combats, perdant des hommes et leur faisant perdre Fritt sans autre résultat que de nous exposer à gâcher l'affaire pour C'est vrai qu'ainsi tu gagnes moins, mais tu gagnes avec repos et sans danger.

"Peut-être que l'affaire n'était pas bien ciblée", assura Stuart avec assurance. " Il y a des coups auxquels personne ne s'attend à cause de l'audace, et si un décisif pouvait être donné bien étudié, nous n'y perdrions rien.

« Bien sûr que non, mais c'est très difficile. Nous sommes tous les deux bien préparés pour ne pas être pris au dépourvu.

"D'accord, mais en l'étudiant mieux, rien ne se perd. Plus tard, il peut être rejeté ou accepté, puisqu'ils disent que ce que deux yeux ne peuvent pas voir peut être vu par quatre. Vous avez vérifié que je ne suis pas un homme qui a peur de beaucoup de choses .

« D'accord, sinon, vous ne seriez pas à mon service ; mais pour l'instant nous allons laisser les choses telles qu'elles sont.

« Si tel est votre souhait, je ne dis rien, mais cela ne m'empêche pas de me présenter à Fritt.

"Je vais le faire, car je pense aussi qu'il est commode pour lui de savoir que j'ai changé mon homme de confiance et de bien vous connaître pour éviter les erreurs. Nous vous retrouverons à La Bola de Oro ce soir à midi. Viens me trouver... et sinon tu ferais mieux de m'attendre dans la tanière d'Agnès, je veux la saluer en même temps.

« D'accord. À ce moment-là, je serai là.

Stuart n'aimait pas le lieu du rendez-vous. Il n'y était pas apparu depuis plusieurs jours et il n'était pas d'humeur à entendre des reproches et à donner de fausses explications sur son absence. Il n'y était pas allé parce qu'il ne le voulait pas, même si plus tard il a tenté de se justifier en réclamant un travail excessif à côté de son nouveau patron.

Mais cette nuit-là, vers onze heures, il s'est présenté au joint. Agnès, furieuse de l'abandon dans lequel il l'avait eue, s'empressa de l'emmener à sa table réservée et le blâma durement :

« Est-ce le traitement que je mérite, Stuart ? Tu n'es pas revenu ici depuis le matin où tu es allé voir Foot.

« Je ne pouvais pas, ma chérie ; demandez à votre bien-aimé le tourment et il vous le dira.

« Le pied n'est pas mon tourment bien-aimé et vous le savez. Faites la faveur de ne pas dépenser des ironies que je ne peux pas supporter.

"Pardonne. Cela faisait allusion à l'intérêt qu'il a pour vous. Je vous assure qu'il ne m'a pas laissé un moment de libre, car nous avons visité tous les tripots de sa juridiction, afin qu'il puisse rencontrer les gens et prendre en charge de la façon dont il dirige l'entreprise. N'oubliez pas que maintenant je suis son homme de confiance et que tout ce que je dois le prendre à cœur. J'espère que vous comprenez que maintenant je ne dépends plus de moi-même.

« Mais un moment à venir, tu l'auras eu.

« Je vous assure qu'il ne m'a pas quitté. Ce soir, j'ai pu le faire parce qu'il m'a convoqué ici à midi. Il m'emmène rencontrer Fritt.

« Quel intérêt avez-vous à rencontrer ce type ?

« Beaucoup, comprenez-le. N'est-il pas juste et normal que je connaisse mieux mes ennemis que mes amis ? Un jour, des choses imprévues pourraient arriver et je risquerais de le croiser sans le connaître. La chose ne serait pas très heureuse pour moi et c'est pourquoi je lui ai demandé de me la présenter.

« Quand vas-tu finir et passer du temps avec moi ? Vous pouvez venir après l'avoir quitté.

« Je te promets que si je savais que nous allions le retrouver bientôt et qu'il ne nous divertira pas beaucoup. Mais, de toute façon, je vous donne ma parole que dès que j'aurai un peu desserré mon travail et que tout sera normalisé, je viendrai. Il nous reste peu.

Quelques instants plus tard, le sénateur, le client régulier d'Agnès, est apparu. Celui-ci, bien qu'avec regret, fut contraint de quitter Stuart pour s'occuper de lui.

L'aventurier profita de ce moment de répit pour passer saluer Betty. Il ne l'avait pas vue depuis la nuit de son combat dramatique avec Jessup et elle lui manquait tellement.

Il s'est approché de la fille avec désinvolture, en disant:

« Comment vas-tu, Betty ? Je suppose que tes nerfs se seront complètement calmés maintenant.

Elle jeta un coup d'œil à Agnès, qui n'était pas perdue pour Stuart, et répondit :

"Je vais bien merci beaucoup. J'étais désolé de ne pas pouvoir vous remercier pour votre intervention alors, mais je profite de ce moment pour vous remercier.

"Bah ! Cela n'avait pas d'importance. Un homme devrait toujours prendre la défense d'une femme quand il la voit écraser, et bien plus si elle est aussi jolie et attirante que toi. Bien que je suppose qu'ils ne me donneront pas beaucoup temps, ce soir j'aimerais danser avec toi.

"Je suis désolée, mais je suis fiancée", s'excusa la jeune femme un peu hésitante. Agnès ne nous permet pas de négliger son entreprise et vous devez le comprendre. Un autre jour peut être.

Il remarqua que la fille était un peu nerveuse et crut deviner que c'était la présence d'Agnès. Fronçant les sourcils, il se demanda si la fille savait quelque chose à propos de son flirt avec Agnès ou si Agnès lui avait donné un avertissement pour freiner ses sentiments.

Elle devait le mettre à l'épreuve, mais pas ce soir. Douze heures étaient proches de sonner et Foot allait bientôt faire son apparition.

"Oui, une autre nuit sera" dit-il en souriant "; mais... ce sera cette autre nuit.

Et il est revenu à la table d'Agnès, peu satisfait de l'entretien avec la jeune femme.

Californian Beauty, brûlant du désir d'être avec Stuart le plus longtemps possible, a habilement réussi à se débarrasser du personnage collant du sénateur, le laissant très amusé à la table de roulette. Et s'asseyant à côté de Stuart, elle le dévisagea en lui demandant :

« De quoi parliez-vous avec Betty ?

Lui, se rendant compte que la question contenait une braise de jalousie mal dissimulée, décida de la faire un peu rager et répondit avec ironie :

« Je te demandais si tu savais quel temps il ferait demain. J'ai peur qu'il pleuve et comme je suis un peu rhumatismale...

Agnès beugla furieusement à voix basse :

« Stuart, je ne prends pas les mauvaises blagues. J'espère que vous vous rendez compte que secrètement ou non, il y a un pacte entre les deux et que je ne suis pas une femme qui admet qu'une autre peut croiser mon chemin.

Il ne voulait pas précipiter sa patience et répondit :

« Écoute, Agnès, tu peux vieillir, mais pas jalouse sans raison. Le premier serait mieux pour vous que le second. Je lui ai demandé comment elle allait depuis la nuit du combat et elle en a profité pour me remercier pour ce que j'ai fait. C'était ça.

« Tout, et c'est beaucoup. Laissez Betty de côté, car c'est une fille très attirante qui sait captiver les clients et qui est très utile pour mon entreprise. Je ne veux pas que vous le gâchiez ou que vous me distrayiez.

« Compris, mais je suis aussi client, tu oublies ? Et j'ai besoin d'être distrait comme les autres.

« Si je ne suis pas attirant pour vous distraire, alternez avec les autres filles. Je pense qu'ils sont tous jolis et gentils.

«Je vais y réfléchir, mais il me semble que vous m'imposez de nombreuses conditions et ce n'est pas de cela dont nous parlons. Si tu te fais tellement confiance, pourquoi es-tu jaloux des autres ?

« Parce que vous avez un visage très dur. J'ai promis de ne pas entrer dans vos affaires privées, mais c'est intime et j'ai le droit de le faire.

« Ne nous disputons plus, Agnès. C'est ridicule que nous le fassions. Il y a Pied.

Il se leva à sa rencontre en disant à Agnès :

"Désolé de vous quitter.

« Tu reviendras ce soir ?

"Je t'ai déjà répondu. C'est à lui et pas à moi.

Et il fit signe de rejoindre Foot et de laisser le joint avec lui.

Ils ont trouvé Fritt à La Bola de Oro. Depuis que lui et Foot avaient signé l'engagement, il n'y avait eu aucun affrontement et tous deux n'avaient pas été modestes en se montrant en public dans des lieux où les propriétaires absolus étaient connus. Les nuits étaient toujours le cauchemar des sans-loi, mais ce pacte avait adouci la peur de plonger dans les ténèbres. Ce que personne n'avait encore fait, c'était d'aller au-delà de leurs frontières naturelles et de visiter le champ opposé.

Pour cette raison, Fritt a été surpris lorsqu'il a vu Foot entrer avec un inconnu.

Fritt se précipita hors de la table, indiquant un siège devant elle.

« Vas-y, Foot, dit-il, assieds-toi ici. Je suis flatté de te voir sous ces latitudes et j'ai honte que tu aies été le premier à faire ce pas de véritable amitié.

Ils s'assirent à côté de lui. À la table se trouvaient trois autres personnes dont l'apparence les dénonçait comme des membres du gang de Fritt et peut-être les hommes en qui il avait le plus confiance.

Fritt commanda le meilleur whisky et remplit leurs verres. Stuart s'était assis à côté de son patron, bien que l'invitation n'ait pas été reçue directement. Ils burent tous lentement, comme s'ils étudiaient la situation avant de parler, et Foot, posant le verre sur la table, dit :

« Je ne voulais pas venir avant, car la visite n'a pas été mal interprétée, mais quelque chose s'est passé qui m'a obligé à le faire. Fred, mon second, est décédé, et j'ai pensé qu'il était juste que, puisque nous nous connaissons tous, vous et vos hommes sachiez qui sera mon second. C'est celui-ci qui m'accompagne et il s'appelle Stuart Sterling.

Fritt fixa sur lui ses yeux gris froids et, tendant sa main, blanche et gluante, dit :

« Je suis ravi de vous rencontrer, Sterling. J'ai déjà entendu quelque chose sur toi.

"Cela m'honore," répondit Stuart. Il est toujours agréable de savoir que les grands chiffres sont figés dans les petits.

"Oui. Ils m'ont dit quelque chose sur la mort de Fred et aussi sur celle de Jessup. Deux belles tâches si elles étaient nobles.

Stuart a ressenti comme un coup de fouet dans le sang lorsqu'il a entendu le commentaire et a répondu :

« Vous disiez que vous aviez été informé à mon sujet. Je vois que ça n'a pas été comme ça... ou qu'ils l'ont mal fait.

"Je ne l'ai pas vu et je ne peux rien commenter. Ce que je sais vient de références, mais je connaissais Fred et Jessup.

« Il n'avait besoin que de me connaître, et il me connaît déjà.

"Justement. Et je veux croire que lorsque Foot vous aura confié ce poste, ce sera parce qu'il a de bonnes références de votre part et qu'il a confiance en votre loyauté.

« Les références que vous avez de moi vous ont simplement été données par les faits. Était-il plus nécessaire ?

« Pas pour lui, puisqu'il t'a admis à ses côtés et qu'il est apparemment content de l'avoir fait.

"Bien sûr que je le suis", s'empressa d'affirmer Foot, qui n'aimait pas le ton que l'interview avait pris dès le premier instant.

"Je n'y vais pas, Foot", a déclaré Fritt. Chacun a ses procédures pour vaquer à ses occupations.

Stuart, qui n'aimait pas les réticences de son adversaire, a commenté :

« Cela semble impliquer que vous auriez agi différemment. Ce n'est pas très flatteur pour moi.

« C'est comme ça. Je suis très clair, mais je n'essaie de me mêler des choses de personne, et pour ma part j'affirme que je suis de nature très méfiante. Mes hommes ont leur histoire, mais je les connais à fond et je savoir jusqu'où ils peuvent aller et jusqu'où je peux les contrôler. J'ai rejeté de très bons hommes qui, aussi durs soient-ils, ne m'ont pas servi.

"Je ne te comprends pas," répondit Stuart.

« Je vais vous l'expliquer, et ce n'est pas que je vous conceptualise dans ce cas. Il y avait des hommes qui, les jugeant trop ambitieux, je les refusais. Ceux qui savent bien manier un revolver et n'ont pas peur de s'en servir me suffisent, mais rien de plus. Je veux des bras qui exécutent et non des cerveaux qui pensent, parce que je pense que si je pense, ça suffit.

Stuart sourit d'amusement. Fritt était bien plus dangereux et subtil que Foot. Il savait ce qu'il mijotait et connaissait certaines psychologies, qui pouvaient être dangereuses, mais il répondit doucement :

« J'aimerais savoir ce que vos hommes feraient dans certaines circonstances, si leurs ordres échouaient et que des mesures devaient être prises pour le moment et indépendamment d'eux.

"Tire ou pars. Je n'exige pas plus de toi.

"Bien; je ne le conteste pas. Je pensais que le deuxième d'un gang était la continuation de son patron. Sinon, je pense que l'accusation est inutile.

«Je l'ai pour le luxe. J'en souligne un pour être le plus efficace au moment du combat et pour transmettre concrètement mes ordres.

Stuart, qui commençait à perdre patience devant les insinuations de Fritt, réduisit ses pertes et dit :

« Je pense que nous nous éloignons de l'objet de la visite. Ni mon patron n'est venu lui demander comment il organise son groupe, ni expliquer comment il organise le sien. C'était pratique que nous fassions tous connaissance pour éviter tout trébuchement inutile et c'est tout. Vous me connaissez déjà et je vous connais, le reste frappe.

« Bien, et ceux qui m'entourent sont quelques-uns de mes hommes. Les autres sont éparpillés et je ne peux pas les prendre pour faire la présentation, mais ils savent déjà quelque chose sur lui et il faudra savoir le temps.

— Eh bien, dans ce cas, pour ma part, je n'ai rien à faire ici. Si mon patron veut rester, laissez-le faire.

Foot, après un moment d'hésitation, répondit :

« Non, Stuart, je suis venu juste pour te faire plaisir. Nous nous sommes mis d'accord sur une délimitation des lieux et depuis lors nous nous sommes abstenus de nous mêler des fiefs opposés. Je ne veux pas que cela serve de précédent.

"Tu es désolé, Foot," déclara Fritt. Je me rends compte de la raison de la visite et je l'apprécie. Bref, si je peux vous être utile...

« Merci, je pense que nous pouvons tous les deux très bien nous entendre sans aide extérieure.

"Au moins, jusqu'à présent, nous l'avons prouvé", a déclaré Fritt.

Ils se serrèrent la main et Foot, avec son second, quitta la partie sud. Stuart était agacé par les insinuations de son rival, car elles pouvaient enflammer le doute dans l'esprit de Foot. Furieux, il commente :

« Je n'aime pas ce type. Il est stupide et ignorant. Je ne pensais pas qu'être autre chose qu'une machine à tirer était un inconvénient. J'aimerais voir vos gars pressés de voir ce qu'ils ont compris. Quand il voulait intervenir et réfléchir, il n'en avait peut-être plus.

"C'est possible, mais il a eu de la chance et a réalisé quelque chose de ce qu'il avait l'intention de faire. Je n'ai pas pu l'attraper à temps.

« Cela a piqué mon estime de moi-même, patron. Je voudrais répondre avec vos propres armes et je vais l'étudier. Aimeriez-vous vraiment le balayer et être seul ?

« Tu ne te poses même pas la question, Stuart.

"Eh bien, ne pariez pasIl n'y avait rien pour la vie de Fritt.

"Attention. Le tuer ne résoudrait rien.

"Qui dit non ? Il a avoué qu'il n'avait que des bras et pas des têtes. Cela étant, qui allait effectivement reprendre le groupe ? Avec un peu d'ingéniosité, ils seraient tous balayés. Pas que je pense que c'est facile , mais je promets de l'étudier.

« Eh bien, faites-le, mais vous finirez par vous convaincre que ce serait comme s'asseoir sur un porc-épic. Je ne suis pas doux ou n'abandonne pas facilement, et pourtant j'ai choisi de faire cet arrangement et il vaut mieux en rester là.

"Comme vous voulez, je ne suis pas très enthousiaste, même si je pourrais utiliser un doublement de revenu.

Stuart laissa Foot dans son antre et se retira. Il était deux heures et la tanière d'Agnès battait encore son plein, mais il n'était pas tenté d'y retourner. Il supposa que cela lui rendrait la vie plus difficile et il préféra essayer de la calmer.

Agnès s'était réveillée très tard à l'ouragan des passions et c'était très dangereux pour une femme comme elle. Il devait verser de l'eau froide sur le feu pour qu'il n'explose pas, du moins tant qu'il n'était pas libre de Foot et devenait le maître de la situation. Alors cela ne le dérangerait pas de lui faire face, car ses dents seraient ébréchées et il ne pourrait pas causer de morsures dangereuses.

je connaisprésenté Stuart la nuit suivante au joint. Agnès, qui souffrait d'un mal de tête sévère cette nuit-là "peut-être un produit des inquiétudes que le comportement quelque peu étrange de Stuart lui causait", s'était retirée dans sa chambre, allongée sur le lit pendant un moment pour essayer de surmonter cet ennui.

Stuart était content qu'Agnès soit partie. Si elle était absente, il pouvait toujours justifier qu'il était allé la voir, et que, bien que la chose logique était de s'intéresser à son état, la prudence de ne pas se méfier de ses attentions l'avait empêché de monter la voir. .

Cela lui a servi de prétexte pour être extrêmement attentif à Betty. La fille, bien qu'un peu craintive, ne put résister à l'attraction que Stuart exerçait sur elle, et ignorant les avertissements d'Agnès, elle lui consacra tout son temps libre et dansa avec lui sans se soucier du reste des clients, qui se sentaient mortifiés par cela. préférence de la jeune femme.

Mais malgré cela, Stuart la trouva timide et craintive, et essayant de découvrir ce qui n'allait pas chez elle, il demanda :

« Qu'est-ce que tu as, ma fille ? Il semble que vous n'êtes pas très à l'aise avec moi.

"Pourquoi pas ? Je me sens très bien.

« Cependant, je remarque que vous avez un peu peur. Quelqu'un a-t-il dit du mal de moi ?

La jeune femme, après un moment d'hésitation, répondit :

"Eh bien... jusqu'à un certain point. Ce n'était pas vraiment mal du tout, mais Agnès...

Il se sentit révolté lorsqu'il réalisa qu'il s'agissait de quelque chose de « la beauté californienne » et beugla :

« Que vous a dit ce birria suffisant ?

« Pour l'amour de Dieu, ne crie pas comme ça. Si cela venait à ses oreilles, ce serait terrible. Il m'a prévenu que son affaire est avant tout et que je lui dois mon travail. Je ne veux pas qu'elle passe mon temps avec quelqu'un en particulier, et de son point de vue, je ne peux pas lui en vouloir, mais parfois je me demande si elle se sentira jalouse sans raison.

Stuart a souri avec amusement quand il a réalisé que Betty avait frappé par inadvertance.

Jaloux de quoi? "Je demande.

« À cause de ta préférence pour moi. Bien sûr que c'est idiot, parce que son attention envers moi est normale et parce que je ne pense pas qu'Agnès soit capable de fixer ses yeux sur n'importe quel homme.

"Et pourquoi l'écoutez-vous ? Vous aurez toujours un public qui vous admire et vous chouchoute. J'étais le premier et...

« Merci, mais je dois m'occuper de mon travail, car nulle part je ne serais mieux qu'ici. Agnès me considère et ... il n'y a pas de propriétaire qui m'accable et essaie de m'imposer certaines conditions ...

« Que vous ne voudriez pas admettre.

« Que je n'admettrais pas... à moins d'être coincé. C'est pourquoi je dois faire attention à ce que je fais, même si je le sens.

« Un homme ne t'a-t-il pas rencontré qui décide de te retirer de cette cage ?

« Je mentirais si je disais non. Il y en a qui me l'ont suggéré, mais cela a-t-il résolu quelque chose ?

« Vivre tranquillement, sans être obligé d'endurer certaines choses.

«Et parfois, devoir en supporter de pires. Il y a des hommes qui ni pour ce qu'ils peuvent offrir ni pour ce qu'ils peuvent réellement donner ne peuvent être tolérés.

« Quel genre d'homme est-il que vous aimez ?

« Tu veux qu'on n'en parle pas ? Toutes les femmes sont ambitieuses et je ne fais pas exception, mais parfois les ambitions rencontrent des barrières infranchissables et ma situation morale ne me le permet pas...

Lui, dans un élan impulsif parmi tant d'autres, dit sans réfléchir :

«Attends un peu, Betty. Un jour je serai le maître de San Francisco, et ce jour-là... tu seras le maître avec moi. Je t'aime pour beaucoup de choses que je ne saurais expliquer, et je suis aussi ambitieuse en ce qui concerne les femmes.

Betty rougit et il la tint contre sa poitrine. Ils dansèrent sans se rendre compte de leur environnement, jusqu'à ce que, face aux marches, Stuart relève la tête et découvre Agnès, adossée à la véranda, les regardant avec une attention concentrée. Dans la lueur des yeux de la « Beauté californienne », il lut toute la colère et le ressentiment que la contemplation produisait en lui.

Mais déterminé à affronter la situation avec l'élan qui le caractérise, il l'ignore. Il n'était pas un homme capable d'être subjugué par une femme et il aurait avec elle la dispute la plus bruyante, mais il ne montrerait pas qu'il avait peur d'elle.

Mais Betty le vit aussi, et perdant sa couleur bégaya maladroitement :

« Excusez-moi de vous avoir quitté. Il y a Agnès et je soupçonne qu'elle a été dérangée par le fait que je danse avec moi.

« Ignorez-le, et s'il vous dit quelque chose plus tard, excusez-moi. Un jour, nous lui donnerons un sérieux bouleversement.

Mais la musique avait pris fin et Betty en profita pour se séparer de lui et rencontrer d'autres clients. Agnès commença alors à descendre et d'un geste appela Stuart à ses côtés.

Ce dernier, indifférent, s'approcha en disant :

« J'ai posé des questions sur toi et ils m'ont dit que tu avais un peu mal à la tête et que tu étais allé au lit. Il semble que votre mal de tête soit passé et je le célèbre. Ou n'êtes-vous pas mieux ?

« Assez pour voir à quel point vous vous souciez peu de moi malgré vos promesses.

"Tu es absurde, Agnès" affirma-t-il en remplissant les verres ". Je t'ai déjà dit que je venais te voir et quand j'ai posé des questions sur toi ils m'ont donné cet avertissement. Cela ne devrait pas augmenter ton mal de tête et encore moins frimer votre favori en montant dans vos salons privés à la vue de tous.

"Ne t'excuse pas. Tu m'embêtes déjà avec tellement de secret que je ne peux pas comprendre. Je fais ce que je veux et toi aussi. Si tôt ou tard on doit le savoir, je ne sais pas pourquoi ces prudes choses à vous.

« Je t'ai déjà donné une raison. Je ne veux pas de complications avec Foot pour le moment. Il est amoureux de vous et supporte son élan parce qu'il croit qu'il n'y a personne impliqué. S'il savait que c'était précisément moi qui me mettais en travers de ses aspirations, le gâchis serait grand.

« Tout cela sont des prétextes. Ce qui vous intéresse, c'est la liberté d'être distrait avec tous, et surtout avec certains en particulier.

"C'est tes conneries. J'ai dansé avec plusieurs depuis le peu de temps que je suis ici. Tu n'as pas à penser à des choses que tu imagines seulement.

« Eh bien, nous allons clarifier cela. J'ai vécu longtemps pour savoir apprécier certaines choses, et je sais que les hommes sont si absurdes que vous appréciez ce qu'ils ne vous donnent pas et méprisez ce qu'ils mettent à portée de main.

« Veux-tu te taire maintenant, princesse ? Le mal de tête te fait avoir des visions. Asseyez-vous et buvez pour voir si cela vous dépasse.

«Ça ne va pas disparaître. Je veux juste vous avertir d'une chose, c'est que je suis une femme spéciale pour tout. Vous m'aurez à vos côtés chaque fois que vous en aurez besoin tant que vous correspondrez loyalement, mais s'il n'en était pas ainsi... aucun ennemi plus féroce et pire pour vous que moi.

Stuart devinait qu'elle ne le trompait pas et que cela s'arrangerait, mais il comptait sur son audace et son habileté pour faire le moins de mal dans le pire des cas.

« Parle-moi de quelque chose de moins acide, ma chérie. Je suis venu juste pour te voir et tu me rends amer en ce moment. Pourquoi?

« Aucune raison, je t'ai déjà donné mes raisons. Tu viens rester ce soir ?

Il décida de calmer sa colère pour le moment et répondit :

« Si tu le veux, je reste.

"Cela me semble être une preuve d'affection plus positive. Il était temps que tu aies du temps pour me le dédier.

« Vous savez bien à quel point j'ai été occupé avec Foot ces jours-ci. Heureusement, les choses se normalisent.

"Eh bien, j'apprécie le trait, mais je ne veux pas rendre ta nuit amère. Je ne me sens pas bien et j'ai besoin de me reposer. Est-ce que ça te semble mieux demain si je me trouve répondu?

Il a vu le ciel ouvert avec la réponse et a répondu :

"Quoi que tu envoies, ma chérie. Je suis ton esclave.

« Ce que tu es est une fresque sans salut. On est d'accord que demain, mais tu vas faire la faveur de partir tout de suite pour que tu résolves ce que tu as à résoudre et demain tu me consacres tout ton temps. Je t'invite à dîner à dix heures. Vous montez par la porte latérale et je laisserai tout prêt pour que personne ne nous interrompe.

"Très bien. A dix heures tu m'auras ici.

Il se leva prêt à partir, car l'offre avait été forcée et il se sentait plus à l'aise loin de l'influence tyrannique d'Agnès. Le lendemain, il inventerait un prétexte pour ne pas aller dîner, et ce qui résulterait du sit-in se verrait déjà.

Agnès le suivit des yeux jusqu'à le voir disparaître, puis sourit avec un humour sauvage. Elle était prête à couper toutes les tentatives de compétition, et le lendemain elle allait la surprendre. Selon la façon dont il réagissait à son égard, il pouvait évaluer le genre d'intérêt qu'il ressentait pour sa personne.

Il ne s'est pas retiré dans ses appartements comme promis. C'était un plan étudié pour chasser Stuart et manœuvrer comme il l'avait prévu. Elle est restée dans le salon jusqu'à l'heure de la fermeture, et quand il était presque vide et que les filles étaient sur le point de partir, elle a appelé Betty et lui a dit :

« Avant de monter, montez dans mes chambres. Je dois te parler.

La fille se raidit. Quelque chose d'instinctif lui disait que les choses s'étaient compliquées et qu'elle allait être victime de la mauvaise humeur d'Agnès.

Il ramassa ses vêtements et monta dans les appartements privés du propriétaire du tripot. Elle l'attendait dans le cabinet.

« Il se passe quelque chose ? demanda Betty.

« Oui, ma chère, quelque chose se passe, et Dieu sait que je suis désolé, mais les choses doivent être ainsi. Je vous ai donné un avertissement amical car elle vous appréciait pour ce que vous valez et vous l'avez méprisée. Je pensais que me connaître comme vous me connaissez mieux que vos pairs prendrait en considération mes conseils.

— Je ne sais pas ce que tu veux dire, répondit la jeune femme, bien que dès le premier instant elle sût de quel côté de la blessure elle respirait.

« Vous le savez, et vous êtes un hypocrite qui le nie. Vous aimez cet inconnu dont vous vous êtes attaché très tôt, et cela me fait extrêmement mal. Comme je n'admets pas qu'aucun homme ne soit privilégié dans mon établissement et que vous persistez à le faire, j'ai décidé de me passer de vos services sans pour autant ignorer votre valeur. Je vais faire votre compte et je suis sûr qu'il ne faudra pas longtemps pour trouver un autre endroit pour fournir vos services.

La fille a été blessée par une décision si brutale et a répondu:

« Vous n'avez aucune raison de faire ça. Stuart est un client comme les autres et je l'ai servi comme les autres. Vous semblez oublier que bien des nuits, lorsqu'un bon client a dépensé beaucoup d'euros en boissons par mon intermédiaire, vous avez été le premier à me conseiller de me consacrer à lui et de ne pas lui laisser la main.

« Est-ce que Stuart dépense beaucoup ? dit Agnès avec ironie.

"Ne regardez pas l'argent avec égoïsme" fut la réponse.

« Les yeux avec lesquels tu le regardes te le font voir ainsi », dit Agnès d'un ton incisif, « et c'est précisément ce qui m'oblige à prendre cette décision. Tu aimes trop Stuart, et ce n'est pas le désir de me servir ce qui vous guide à lui vouer vos préférences.Vous vous êtes entiché de lui et c'est ce que je ne tolère pas.

Betty, piquée, s'agita en disant :

"Pourquoi ? Parce que tu aimes ça aussi ?

« Si oui, qu'est-ce que cela vous importe ?

"Bien sûr que je m'en soucie," répondit bravement la jeune fille. D'employée à propriétaire, je ne peux pas rivaliser avec vous, mais de femme à femme, je le peux.

Agnès se hérissa. Il pouvait admettre n'importe quoi à moins que quelqu'un ne le défie sur ce terrain.

« De femme en femme dites-vous ? Oubliez-vous que j'ai eu à mes pieds la moitié des hommes de San Francisco et que je les ai tous méprisés ?

Betty, sans aucune contemplation envers elle, affirma :

« Eh bien, cela devait être parce qu'ils avaient tous les genoux trop mous pour plier dans leur sillage. Vous êtes peut-être propriétaire de ce joint et portez de nombreux bijoux, mais oubliez qu'il y a des hommes qui ne s'intéressent à rien de tout cela et au lieu de cela, j'ai vingt ans de moins que vous.

Ces phrases étaient comme une chaîne de poignards pointés directement au cœur de la « beauté californienne ». Betty l'avait appelée vieille et elle ne pouvait pas le tolérer.

« Vingt ans de moins ? Quel âge connais-tu ? Mais, même si c'était le cas, j'ai plein de ce qui te manque pour emmêler un homme si c'est mon goût : du monde et de la sagesse.

« Et tu penses que dans ce cas ça va t'aider ?

« On verra. Si vous comptez me défier, je vous dirai que Stuart ne sera que pour moi, et que je le ferai rouler comme une balle devant moi.

"Je vous invite à l'obtenir", répondit la fille en la regardant.

« On verra, Betty, et je vais te dire autre chose. Je vais te donner ton salaire et une commande. Sortez de San Francisco et n'essayez pas de m'éclipser là-bas. N'oublie pas que mon pouvoir ici est grand et que si je te considérais comme un obstacle, tu vivrais bien peu pour en rire. C'est quelque chose que je vous préviens parce que je ne veux pas être cruel avec vous.

"Je ne sortirai pas d'ici" affirma-t-elle avec énergie ". Vous pouvez me virer, mais je ne manquerai pas d'un endroit pour travailler, ni d'hommes pour me protéger.

« N'étant pas Stuart, les autres m'importent peu.

«Ce sera celui que je veux et que je choisis. Je n'ai pas besoin de vous en parler.

« On verra ça, et on ne songe pas à agir de ce côté-là, où Foot est le patron. Je donnerais tout ce que je demanderais, même si je devais me rendre à lui pour le faire, et vous savez comment je le dépense quand je me mets en colère. Si vous pensez que je vais vous permettre de rester pour que Stuart soit en mesure de vous rendre visite librement, vous vous trompez. Allez du côté sud, où il est interdit de surveiller en toute sécurité, et qu'il n'en sait pas plus sur vous.

« J'irai où je veux ou je peux, et si Stuart a un penchant pour moi, c'est un homme que rien ne peut arrêter. C'est mon dernier mot.

« Il ne le fera pas, car avant il l'abattrait.

Il jeta plusieurs pièces d'or sur la table en disant :

« Voilà ce que je te dois. Ramassez tous les vôtres et sortez, mais n'oubliez pas mes menaces. Je me suis entiché de Stuart et tant que je ne me lasse pas de lui et que je le rejette comme inutile, je ne le cède à personne.

Betty, transfigurée, n'a pas voulu envenimer davantage la discussion, mais a intimement promis de ne pas céder à sa rivale. Elle remettait en question sa vanité et son estime de soi en tant que femme, et elle était déterminée à l'accepter avec toutes ses conséquences.

Il rangea l'argent et descendit chercher ses vêtements de travail. En débouchant sur la route déserte et sombre, elle fut tentée de se diriger vers la loge de Stuart pour lui raconter ce qui s'était passé, mais le bon sens lui dit que le moment n'était pas très propice pour se rendre à l'auberge. Il attendrait qu'il fasse jour et lui rendrait visite pour lui expliquer les causes de son licenciement.

Elle n'était pas tout à fait sûre que Stuart avait un quelconque penchant pour Agnès, et s'il vérifiait cela, ce qui se passerait ensuite se verrait.

Et sans pouvoir maîtriser sa rage, il se retira dans son logement.

* * *

Il était environ une heure et Stuart s'apprêtait à quitter son lit lorsqu'un des garçons monta chez lui pour l'avertir qu'une très jolie jeune femme le réclamait.

Stuart devina presque qui c'était. La veille, il n'avait pas quitté le tripot très convaincu de la démission d'Agnès et il craignait que dans sa vanité et sa jalousie il n'ait riposté contre Betty.

« Tu n'as pas donné ton nom ? Il a demandé au serveur.

"Non, monsieur" il a juste dit qu'il avait besoin de vous parler de toute urgence.

« Eh bien, demandez-lui si elle s'appelle Betty, et si elle dit oui, demandez-leur de préparer le petit-déjeuner pour deux. Je viens tout de suite.

Il s'habilla et se lava soigneusement, et une demi-heure plus tard il apparut dans la salle à manger, toujours déserte. Le serveur préparait une table avec deux couverts.

Betty l'attendait debout près d'une table. Il s'avança vers elle les mains tendues et un sourire joyeux sur son visage amical.

" Comment vas-tu ici, ma fille ? " dit-il en la prenant par le bras. " Ils ne pourraient pas me réveiller d'une manière plus agréable. Viens t'asseoir ici, je t'invite à déjeuner et ensuite tu me diras la raison de cette agréable visite.

Elle était flattée par la déférence, mais incapable de contrôler son malaise, elle dit en s'asseyant :

«Ça n'arrivait pas à ça. Je suis venu te dire qu'Agnès m'a viré du joint hier soir.

Il la regarda, et toujours souriant, il répondit :

« Je l'avais deviné quand votre visite a été annoncée. Sur quoi ce perroquet a-t-il été fondé pour faire une chose pareille ?

"En cela, elle est jalouse de moi" affirma catégoriquement Betty.

« Eh bien, dans sa position, je me sentirais comme elle. Il y a quelque chose qui ne donne pas le poste ou l'argent, et qu'Agnès ne peut pas obtenir.

« Il m'a fait dire quelque chose de semblable à lui, et il est passé par le toit. Il a déclaré qu'il ne voulait pas admettre les compétitions et m'a menacé.

« Qu'est-ce qui vous a menacé, dites-vous ?

"Oui. Il m'a ordonné de quitter San Francisco si je ne veux pas m'exposer à un grave danger. Il dit de ne pas postuler pour un emploi dans les locaux contrôlés par Foot, car je lui demanderais de me supprimer, même si je a dû lui céder. Il veut éviter par tous les moyens que vous me voyiez; Et vous, vous avez dit que vous l'abattriez si elle ne réussissait pas à se rendre à son caprice.

"Eh bien, ça va être un peu difficile pour lui," dit résolument Stuart.

Elle, après un moment d'hésitation, demanda :

— Dis-moi la vérité, Stuart. Qu'y a-t-il entre vous et elle pour vous rendre si farouchement jaloux ?

"Eh bien... rien qu'elle aimerait, et c'est ce qui la met en colère. Il s'est fait une illusion idiote que je n'ai pas voulu disparaître, parce que pour le moment ça ne me convient pas, mais s'il persiste, les choses iront reviens bien quoi qu'il arrive. Tu le prends trop au sérieux et je n'y consens pas.

"Attention. Il devra marcher les pieds de plomb, car il profitera de son influence auprès de Foot pour l'affronter avec tous ses hommes. Il sait ce qu'il donnerait pour qu'elle lui fasse face et est capable de le faire pour sortir triomphant.

Stuart réfléchit. Il savait que ce que Betty insinuait était vrai et maintenant il regrettait certaines confidences qu'il avait faites à Agnès. Si elle faisait part à Foot de son intention de devenir propriétaire de San Francisco, le tireur n'hésiterait pas à essayer de l'enlever.

Sans perdre son sang-froid, il a assuré :

« Ne t'inquiète pas, ma fille, tout ira bien. Que comptez-vous faire maintenant ?

"Je ne sais pas. Je suis désorienté.

"Eh bien, je vais te le dire. Tu vas quitter ton logement et tu vas venir habiter dans cette même auberge. Tu ne postuleras nulle part et tu attendras.

"J'ai besoin de travailler. Ici, l'argent s'épuise bientôt.

« Je gagne plus que ce dont j'ai besoin. Vous n'aurez rien à dépenser et vous attendrez que la situation se précise. Cela ne peut pas être long car il s'agit d'un baril de poudre avec une mèche allumée. Il doit exploser d'un instant à l'autre et nous verrons qui il atteint.

"Qu'as-tu prévu de faire?

« Rien de ma part. Je vais les forcer à le faire sauter et on verra jusqu'où va le trou. Une fois la fumée dissipée, je saurai comment agir.

« Soyez très prudent avec Agnès. Je la connais et je sais qu'elle n'hésitera pas à mettre sa vie en danger.

« Je prendrai soin de moi pour le compte que vous avez pour moi. Vous mangez et ne vous inquiétez pas. Aujourd'hui je n'ai pas grand chose à faire et je vais te dédier la journée. Ce soir, nous saurons si quelque chose va se passer.

Il ne voulait plus en parler, et quand le déjeuner fut terminé, il avait la meilleure chambre disponible prête pour Betty. Puis il la laissa sur elle en disant :

Ne soyez pas surpris ou inquiet. Je ne sais pas à quelle heure je serai de retour ce soir ou si je serai de retour, mais croyez-moi. Je suis un aigle qui vole haut pour que personne ne puisse m'abaisser dans le noir.

* * *

Agnès a eu une journée fiévreuse. Il avait cédé à une violente explosion de jalousie en licenciant Betty, mais il se demandait quelles allaient être les conséquences. Il commençait à évaluer le caractère de Stuart et craignait que la réaction de Stuart ne se retourne contre lui. Peut-être aurait-il gagné plus en ne donnant pas autant d'envolées à l'affaire, mais s'il se sentait interpellé, ce serait la révélation de la vérité et le déclenchement d'un terrible duel entre les deux.

Il attendit fébrilement l'heure du rendez-vous. Il avait commandé un excellent menu et il avait été retouché comme jamais auparavant.

Mais à dix heures, le château des illusions qu'il avait construit s'effondre avec une lettre qui lui est remise. C'était de Stuart et ça disait simplement : "Ne m'attends pas pour dîner ce soir parce que je ne serai pas là."

La lettre n'en disait pas plus, mais c'était suffisant. Il a dû apprendre le renvoi de Betty et ses causes, et avec la dureté et la brusquerie qu'il savait utiliser en tout, il a répondu avec ce mépris. Sa colère était telle que, dans un accès d'hystérie, il donna un coup de pied à la table et la jeta par terre avec tous les plats précieux.

Verres et assiettes se heurtèrent dans un fracas infernal en se cassant, et la femme noire qui le servait arriva terrifiée, mais Agnès, lui jetant un morceau de verre à la tête, rugit :

« Va-t'en, sale rat ! Je ne veux voir personne !

La servante se retira effrayée et Agnès exprima sa colère en donnant des coups de pied dans les morceaux de vaisselle. Puis, son visage s'estompant de larmes alors qu'elle courait sur son maquillage, elle se retira dans sa chambre et se laissa tomber sur le lit, hyper désespérée.

CHAPITRE X

STUART JOUE SES EXTENSIONS

Les nerfs en alerte, Stuart laissa passer le jour en attendant la nuit, ces nuits qu'il aimait tant car pour son tempérament l'empire des ombres était son propre empire, pouvait lui apporter. Jusqu'à l'heure de son rendez-vous avec Agnès, elle savait que personne n'allait arriver, et alors... sa malchance ou sa chance marqueraient la fin de cette dramatique aventure.

Par conséquent, à dix heures, il a décidé de rencontrer Foot et de ne pas se séparer de lui si possible. Comme prétexte, il utiliserait certaines idées embryonnaires qu'il avait pour attaquer Fritt, et sûrement la discussion les tiendrait ensemble pendant une bonne partie de la nuit.

Il n'avait pas tort. Le tireur l'a écouté avec intérêt et a commencé à discuter de ses idées avec lui une par une, exposant les inconvénients qu'il a trouvés pour leur réalisation. Stuart les connaissait d'avance, mais son objectif n'était pas de se séparer de Foot de toute la nuit. Jusqu'à ce qu'à midi ils lui apportent une lettre. Foot l'ouvrit étrangement, et quand il apprit le bref contenu, il dit :

« Gardons cette discussion pour un autre moment plus approprié, Stuart. Agnès me supplie d'y aller d'urgence, car quelque chose doit lui arriver pour cet appel à ces moments-là.

" Bah ! " dit Stuart d'un ton désobligeant, bien qu'il ne puisse cacher l'effet qu'il a ressenti à la réaction brusque de la femme en colère. " Peut-être se souvient-elle qu'elle vit seule et aspire à sa compagnie.

" Agnès ? " répondit Foot, incrédule. " Vous ne la connaissez pas bien. C'est une femme de marbre, et peu importe à quel point j'ai essayé de la conquérir, j'ai toujours échoué.

Ne désespérez pas. Parfois, les choses sont accomplies quand elles sont le moins attendues, et je le sais par expérience. J'irais plutôt avec espoir, car un jour, peut-être ce soir, vous avez besoin de quelque chose d'extraordinaire de votre part et ensuite une compensation est imposée.

« Je ne crois à rien de tout cela.

« Je le fais, parce que j'ai des intuitions. Juste au cas où, soyez prêt. Une femme qui appelle un homme en urgence à cette heure n'est pas sur un coup de tête, et si la chose en vaut la peine, elle sera toujours digne d'être prise en compte. Bonne chance à toi.

Foot a commencé à partir. Avant de demander :

« Vous m'accompagnez ?

"Pour quoi faire ? Je ne pense pas être galant, parce que ces choses sont privées et je n'aime pas déranger les idylles.

"Donc que feras-tu?

« Je vais à El Ace de Corazón.

"C'est bon. Si j'ai besoin de toi, je te chercherai là-bas.

Ils se séparèrent et Foot, assez intrigué par cet appel inattendu, se dirigea vers la tanière d'Agnès. Quand il est entré dans les lieux, tout était en ordre. Un public nombreux, beaucoup d'animation et rien qui dénonce un manque de normalité.

L'un des gardiens des lieux, en le voyant, indiqua :

« Ils vous attendent en haut, monsieur Foot.

Il se dépêcha de monter les escaliers et atteignit les chambres de la « Beauté californienne ».

Lorsqu'il entra dans la salle de réception, rien ne dénonçait la fureur violente de la scène. Les dégâts avaient disparu, le sol était propre et l'eau du café bouillait sur la table. La boîte avec les cigares et le whisky ne manquait pas non plus.

Agnès, les traces tragiques de sa colère effacées, est apparue comme toujours maquillée. Allongée dans une attitude indolente, elle fumait une cigarette et souriait avec attirance. Foot la salua d'un hochement de tête puis embrassa galamment sa douce main. Elle indiqua un siège en disant :

« Asseyez-vous ici à côté de moi, Foot. J'espère que vous n'êtes pas trop pressé parce que nous devons parler.

Foot se souvint des insinuations de Stuart et grimaça. Il semblait qu'un courant télépathique l'avait encouragé à parler et que les conséquences allaient arriver pour lui.

Anxieusement, il répondit :

« Je m'assois là où vous commandez et je fais ce que vous me demandez de faire. Vous le savez toujours et je n'ai pas besoin de vous le répéter, mais de vous le montrer quand vous en avez besoin.

« Je sais, et je ne pense pas que je n'y ai pas pensé plusieurs fois. J'ai toujours eu une forte méfiance avec les hommes en général, mais quand on est constant, sait attendre et atteint des degrés que d'autres ne connaissaient pas ou n'ont pas voulu atteindre, il mérite d'être remarqué.

"Ne me donne pas d'espoir, Agnès," dit nerveusement le tireur. Comprenez à quel point il serait désagréable pour moi de vous perdre par la suite.

"Qui sait. Nous avons tous à portée de main des choses qui semblent parfois impossibles. Il se pourrait que votre heure soit venue.

"À propos de quoi?

« Pour obtenir ce que vous voulez.

"Ne joue pas avec moi sur ce terrain, Agnès" dit Foot en se levant du siège et en se plantant devant elle pour la regarder dans les yeux. « Ce serait un jeu très dangereux. Pourquoi m'as-tu fait venir ?

Agnès, sans abandonner son attitude souriante, répondit :

"Je t'aime bien, Foot, je t'aime davantage chaque jour parce que tu es un homme têtu, entier et dur. Comme j'aime les hommes. Je me demande juste si vous seriez aussi affectueux avec une femme que vous seriez brutal avec ceux de votre sexe.

« Avez-vous déjà essayé de le tester ? Je vous ai donné l'opportunité de le faire et vous l'avez rejetée.

« C'est vrai, mais je pense que je vais te mettre à l'épreuve, Foot. Tu veux m'embrasser ?

Il la regarda perplexe et s'approcha. Ce fut elle qui l'embrassa puis, le repoussant, dit en se levant brusquement :

« C'est peut-être un avant-goût de beaucoup, mais il faut le mériter. Je suis sûr que vous le ferez.

Comment dois-je faire ? demanda-t-il frénétiquement.

"Tuer un homme.

« J'en ai tué tellement que si cela méritait une récompense d'un tel calibre, j'aurais les femmes autour de mon cou par douzaines. Si votre amour ne coûte que la vie d'un homme de plus, je peux vous offrir la vie de cinq ou six en compensation.

« Un seul me suffit, Foot.

« Eh bien, dites-moi qui il est et comment vous voulez que je le tue, si en votre présence, avec des coups de feu ou avec des morceaux.

« Le tuer, je me fiche de la façon dont vous le faites. C'est votre deuxième, Stuart.

" Qu'en dites-vous ? demanda Foot avec étonnement.

« C'est lui et je vais vous donner plusieurs raisons pour justifier de vouloir sa mort. Stuart est un homme vaniteux et vaniteux qui croit qu'il peut tout accomplir quand il le veut, et l'une des choses qu'il essaie d'accomplir... c'est moi, mais sa vanité est si grande qu'il s'est dépassé. Pour essayer de me conquérir, en oubliant ou en méprisant que toi et moi sommes de vrais amis, et en oubliant aussi que tu es amoureux de moi, parce qu'il le sait, il m'a fait des offres qui démontrent son cynisme.

"Il m'a dit que si je l'écoute et que j'accepte ses souhaits, il vous retirera du monde, car il a étudié le moyen de vous éliminer et de prendre le contrôle de votre équipage. Dès que je lui dis oui, il a promis de vous tuer avant que vous ne le sachiez et de reprendre votre fief. Il m'a offert une part des bénéfices et même rêve d'éliminer plus tard Fritt et d'être le propriétaire absolu de San Francisco.

» Je l'écoutais essayer de réprimer mon indignation et ma rage. Je ne voulais pas le mettre en garde avec un refus et un rejet, et pour gagner du temps j'ai répondu que j'y réfléchirais et demain soir je lui donnerais une réponse définitive, mais de peur qu'il n'avance, plus si je me doutais qu'il pourrait vous avertir du danger que vous courez, c'est pourquoi je me suis empressé de vous envoyer un message pour que vous veniez ce soir. Nous avons eu cette conversation très récemment et j'ai rapidement mis mes gardes sur mes gardes comme c'était mon devoir d'ami.

Foot, qui avait entendu les paroles fallacieuses d'Agnès pâlir de colère, grinça des dents d'une manière impressionnante et beugla :

« Que ce type se sente capable de m'éliminer ?

« Cela a été sa proposition. Je me suis senti tellement humilié par elle quand j'ai réalisé qu'elle voulait m'acheter au prix de ta vie, que je n'ai pas pu m'empêcher de réagir. Vous pouvez m'avoir avec mes propres armes pour convaincre les femmes, mais pas en me valorisant de cette façon. Entre vous qui m'avez tant offert sans griefs et lui qui m'offre l'impossible au prix d'une trahison, je n'ai pas douté. Je te préfère et quand tu auras éliminé ce vautour, je saurai te livrer comme tu le mérites.

— Vraiment, Agnès ? demanda Foot, nerveux d'enthousiasme.

"Quand tu sauras que Stuart est mort, viens me demander" répondit-elle en lui offrant le meilleur de ses sourires.

« Stuart mourra ce soir. Je sais où je peux le trouver maintenant et je promets d'amener son corps ici pour vous convaincre. Attends juste longtemps que je le trouve et tienne ma promesse.

Il se dirigea vers la porte de sortie jusqu'à l'échelle réservée et tira le loquet, mais une voix métallique et blessante comme un couteau et le canon froid d'un revolver menaçant sa poitrine le retinrent.

« Pas encore, Foot, c'est encore trop tôt. Avant que je te permette d'essayer, tu dois m'écouter et toi aussi, Agnès. Faites très attention à ne pas faire le moindre mouvement pendant que je parle, ou vous ne finirez pas d'écouter mon histoire.

Elle et lui se figèrent de stupéfaction et de peur d'être menacés par le revolver de l'aventurier. Le moins qu'ils auraient pu soupçonner, c'était de l'avoir si près d'eux, quand Foot croyait qu'il buvait calmement à l'As de Cœur.

Mais Stuart était audacieux. Après avoir quitté Foot, il le suivit jusqu'à ce qu'il le voie entrer dans le joint, et plus tard, de la porte tournante, le vit monter à la galerie. Il devina ce qui allait se passer et élabora un plan audacieux. S'il pouvait monter l'escalier réservé sans être vu, il pourrait être surpris de ce dont ils parlaient et il saurait comment procéder ensuite.

Et la chance l'a favorisé. La bonne avait été emmenée par Agnès avec ordre de ne pas les interrompre, et le couloir était désert.

Près de la porte, il écouta toute la conversation et ressentit de la colère contre le double jeu d'Agnès. Lui mentant effrontément, il ne lui avait dit que la vérité qu'il n'était que dans son intérêt de l'inciter à le tuer.

Sans cesser de les dominer avec l'arme, il s'écria :

« Maintenant, c'est à mon tour de parler, Foot, et de vous dire ce sur quoi elle a gardé le silence. Cela ne vous fera peut-être aucun bien de le savoir, mais juste au cas où. S'il y a une femme au monde qui soit égoïste et méprisable, c'est bien Agnès. Toute sa vie il a joué, selon ses propres aveux, avec des hommes, sans pitié ni amour envers qui que ce soit et vous n'avez pas été une exception dans le jeu.

"Peut-être l'a-t-elle fait par vanité d'humilier ceux qui la suppliaient tant, mais c'était comme ça, et seul un homme qui ne la flattait ni ne demandait quoi que ce soit a réussi ce que les autres n'ont pas fait, et c'était moi. Mais elle a poussé les choses trop loin. Celui qui ne demande rien n'est pas obligé de rien donner et elle a tout voulu de moi. Sa passion pour tout concept ne me convenait pas et je voulais laisser ce bourgeon dangereux mort avant qu'il ne grandisse, mais elle a essayé pour le riveter et le rendre éternel.

«Je suis trop jeune pour digérer des steaks détrempés par les années à l'aise et elle n'a pas voulu le comprendre. Dans sa jalousie, il a victimisé quelqu'un qui n'avait rien à voir avec cette affaire et a renvoyé Betty des lieux, simplement parce qu'elle dansait à l'aise avec moi et moi avec elle. Il a même menacé de vous forcer à la tuer si elle ne disparaissait pas de San Francisco, comme si avec cette mort indigne elle pouvait me garder à ses côtés.

"Ce soir, il m'avait demandé de dîner à dix heures. Je lui ai envoyé deux lettres lui disant que je ne viendrais pas, et dans son dépit et sa rage elle vous a pris pour instrument de sa vengeance. Pour ceux qui manquent de scrupules , le paiement leur importait peu et c'est pourquoi ils vous ont appelé.

Je m'attendais à cette réaction. C'est pourquoi j'ai essayé de ne pas me séparer de toi ce soir et quand tu as reçu la lettre, j'ai deviné pourquoi tu étais appelé. Souvenez-vous que je vous avais prévenu que peut-être vos aspirations amoureuses se réaliseraient au moment où vous vous y attendiez le moins. Mais comme je ne veux pas vous donner l'avantage d'utiliser vos hommes pour me harceler comme un chat enragé, j'ai décidé de laisser les choses à leurs proportions normales. De toi à moi, d'homme à homme, tout va bien, mais avec des avantages pour toi, non.

"Elle n'a pas médité que son égoïsme pouvait être la cause de votre mort et non la mienne. Maintenant, il va se convaincre qu'il s'est encore trompé, parce qu'il le fera. Vous avez promis d'amener mon cadavre ici pour lui donner cette satisfaction; Je le laisserai à toi pour que sa colère et son désespoir soient encore plus grands. J'ai pu t'attendre et t'achever en toute impunité. Je peux aussi le faire ici avec vous deux. Il suffirait de plaire au doigt, mais je suis un peu plus noble que tout ça et je vais t'offrir une chance minime de succès.

Soudain, avant que Foot n'ait eu le temps de suivre le mouvement, il rengaina son revolver et commanda d'une voix métallique :

« Tirage rapide, Foot.

Le tireur ne s'est pas fait répéter l'ordre et a tiré la poignée de son poulain. Stuart tira à nouveau aussi vite qu'il avait rangé le revolver, et deux coups de feu vibrèrent avant que son ennemi n'ait eu le temps de tirer sur lui. Le pied, touché à la poitrine de si près, se pencha lourdement d'un côté et tomba sur Agnès, qui, avec un hurlement hallucinatoire d'horreur et de rage, le repoussa, s'enfuyant dans sa chambre, craignant peut-être que Stuart ne lui fasse de même. elle.

Mais Stuart ne se souciait pas d'elle. Ce n'était pas un homme capable de tuer une femme, même s'il lui aurait tendu un piège si lâche. Sachant que l'explosion aurait causé l'alarme dans la chambre, il s'empressa de gagner l'échelle et de se perdre dans les ténèbres de la nuit, ces ombres sombres et mystérieuses où la mort s'envolait et qu'on pouvait plus facilement déjouer qu'en pleine soleil.

Il quitta précipitamment la grande avenue et se perdit dans diverses ruelles pour effacer sa trace. Maintenant, il savait qu'il était dans une situation très précaire, car bien qu'il ait supprimé Foot, comme c'était son idée, il avait été contraint de hâter ses plans et ce n'était pas le moyen de l'éliminer pour avoir le soutien de ses hommes.

Maintenant, ils le cherchaient comme des loups pour l'achever et il avait besoin de faire quelque chose sans perdre de temps. Il pouvait profiter de ces mêmes ombres et s'enfuir, mais c'était quelque chose qui ne correspondait pas à son tempérament. Il ne s'est enfui que lorsque la situation est devenue désespérée et ce n'était pas encore le cas. Tant qu'il était libre de ses mouvements, il était toujours un ennemi dangereux. Cela devrait être vérifié par d'autres pour lui donner toute la valeur qu'il possédait.

Ce qu'il allait faire à plusieurs moments, il ne le savait pas, mais s'il ne cherchait pas une solution pendant le règne des ombres, il ne l'obtiendrait pas dans la claire lumière du soleil.

Soudain, il élabora un plan audacieux. Quelque chose d'une audace et d'un danger illimités qui pourraient ou non fonctionner, mais si cela se produisait comme il le projetait, il pourrait en gagner plus qu'il ne pourrait perdre.

Et rapidement, retraçant le chemin, il atteignit la partie de la rue où Fritt avait son fief. Peut-être qu'ils ne le chercheraient pas là-bas par crainte de complications, et s'il avait la chance de rencontrer Fritt bientôt, il pourrait sortir triomphant du défi difficile.

Dans cette partie de l'avenue, tout était calme et tranquille, ce qui semblait indiquer que la nouvelle de la mort de Foot ne s'était pas encore répandue.

Lorsqu'il atteignit le joint où le rival de son éphémère patron restait quelques heures la nuit, il jeta un coup d'œil à l'intérieur par l'entrée à demi-porte tournante. Le pas qu'il s'apprêtait à franchir était trop risqué en soi et il ne pouvait oublier les appréhensions du tireur à son égard et la façon dont il s'était exprimé sur l'avenir.

Mais il n'avait pas d'autre solution. Alliez-vous avec lui pour obtenir le meilleur avantage possible pour le moment ou risquez d'être traqué à n'importe quel coin de rue par les hommes mêmes de sa bande qui ne lui pardonneraient pas la mort de leur patron.

Il a découvert Fritt assis à une table en train de jouer au poker avec trois autres. Cela ne semblait pas être le bon moment pour l'approcher en interrompant le jeu, mais il n'avait pas d'autre choix que de le faire.

Il poussa la porte et entra. Fritt tourna rapidement la tête et lorsqu'il le découvrit, il le regarda profondément et sembla intrigué par sa présence.

Alors que Stuart s'approchait résolument de la table, le tireur se tourna légèrement sur son siège pour lui faire face et le regarda d'un air interrogateur.

"Bonne nuit, Stuart," dit-il. Comment ça va par ici ?

« J'aimerais vous parler quelques minutes, Fritt. C'est quelque chose qui, je pense, peut vous intéresser.

« Je t'entends, Stuart.

"Je suis désolé, mais c'est d'une nature particulière. Plus tard, si vous jugez nécessaire de faire savoir ce que nous parlons, je ne m'y opposerai pas.

Fritt ramassa calmement son argent, posant les cartes. Puis il montra une porte au fond, indiquant :

"Suis-moi.

Un de leurs compagnons de table se leva pour les suivre. Fritt l'arrêta froidement en disant :

"Inutile.

Mais Stuart proposa à Fritt :

« Si vous avez besoin que je vous remette mon revolver comme garantie que je ne suis là que pour vous parler, je le remettrai, mais pour le moment je ne veux pas que quiconque intervienne dans notre conversation.

Il leva les bras, montrant que l'étui était désarmé. Fritt a répondu :

« Ce n'est pas précis, Frank, recule.

Le garde du corps obéit et ils entrèrent tous les deux dans un couloir sombre éclairé par une lampe à huile oscillante, jusqu'à ce qu'ils atteignent une cabine.

Déjà dedans, Fritt indiqua un siège :

Asseyez-vous et parlez. Tout cela me semble très mystérieux, Stuart, mais je suppose qu'il y a une raison impérieuse à cette interview.

Oui, un peu mystérieuse en effet, et cette raison existe, mais c'est vous qui devez décider si elle doit être claironnée ou si elle doit rester secrète. Vous voulez répondre honnêtement à une question ?

« S'il n'y a aucune raison de m'obliger autrement, je le ferai avec plaisir. Je demande pour.

« Voudriez-vous être le propriétaire absolu de la rue de San Francisco ?

Fritt le regarda attentivement et répondit :

« Cela me ferait plaisir comme le ferait Foot, mais je ne pense pas qu'il soit en leur pouvoir de l'accorder à aucun d'entre nous.

« C'est peut-être là que je me trompe. C'est quelque chose que je suis en mesure de vous offrir en ce moment.

Fritt répondit froidement :

« Si vous m'avez pris pour un imbécile pour frapper des hameçons dangereux, vous avez pris la mauvaise mesure... et cela peut être très dangereux pour vous.

« Il n'y a pas d'appât, mais une réalité que l'on peut calibrer quand on veut. Si cela vous intéresse, je suis en mesure de vous offrir ce que vous vouliez tant et ce que vous avez dû abandonner car vous ne pouviez pas avec une morsure aussi dure éliminer Foot de votre marche.

« Quel prix comptez-vous mettre sur sa trahison ? Fritt a demandé dédaigneusement.

« Prix, aucun, car il n'y a pas de trahison, mais je laisse ensuite à votre jugement le soin d'apprécier ce que je vous propose. Je veux avertir avec une sincérité grossière que je vous fais l'offre parce que vous êtes en mesure de prendre le fruit et pas moi ; si c'était le cas, au contraire, je l'aurais gardé pour moi.

« Et de quoi s'agit-il ?

« Je viens de tuer Foot.

Fritt vibrait comme un ressort d'acier. Puis, reprenant son regard inquisiteur, il demanda :

« Pourquoi venez-vous de tuer Foot ?

«J'ai dit que« j'ai tué Foot »pas que je l'ai assassiné et je peux prouver que je l'ai tué d'homme à homme et lui donner le temps de dessiner. Je n'avais pas l'intention de le faire, mais le destin a arrangé les choses de cette façon et j'ai dû me battre.

Et si tel a été le cas, pourquoi ne pas profiter de l'occasion ?

« Je te l'ai déjà dit parce que je ne peux pas. Ce n'est pas de la générosité, mais de la nécessité, et avant que le fruit de cette mort ne se perde, je l'offre à qui pourra le récolter. C'est l'instinct de conservation et la fierté de ne pas disparaître comme un lâche qui m'amène ici. J'ai tué Foot pour quelque chose qui n'avait rien à voir avec le business et sans que je cherche à me battre. Tout est né de la jalousie de la plus ignoble des femmes, et comme je la pressais de me tuer, je devais prendre de l'avance sur moi-même.

« Agnès, peut-être ? demanda Fritt, intrigué.

"Oui. Elle a essayé de m'attraper dans ses réseaux et parce que je la méprisais, elle a appelé Foot en lui disant des mensonges et en lui demandant de me tuer en échange de... d'accepter d'être son amie alors qu'elle l'avait méprisée tant de fois. Lui, qui était toujours entiché d'elle, a promis de lui apporter mon cadavre en échange de cette promesse. Il n'y avait pas d'option et avant qu'il ne me tue je l'ai tué, mais je l'ai fait face à face, devant elle et lui donnant le temps de dessiner .

"Dis-moi ce qui s'est passé.

Stuart lui fit un bref compte rendu de l'événement. Puis il ajouta :

« Après tout ça, que pouvais-je faire ? Je devrais me battre seul avec le reste de l'équipage et je ne suis pas un colosse et je ne peux pas être à vingt endroits à la fois. Ils me chercheront pour m'éliminer et comme quelqu'un doit profiter de cette mort, personne mieux que vous, qui est organisé et peut les combattre dans ces moments de désorientation avant de reconstruire et nommer quelqu'un pour remplacer Foot. Avec son rival mort, la seule tête solide à prendre les rênes c'était moi et ce n'est pas le moment. Quand ils verront des smoothies et sans patron, ils ne pourront rien faire et vous serez le maître absolu de la rue.

« Et vous, qu'est-ce que ce sera ?

« Je vous laisse le soin. Peut-être que plus tard cela pourra vous être utile, croyez-le ou non.

Fritt, après avoir réfléchi un instant, répondit :

« Attends-moi un peu ici.

Elle sortit dans le hall et appela Frank, lui parlant à voix basse pendant quelques minutes. Son second quitta rapidement la taverne.

Fritt retourna au stand et face à l'aventurier dit froidement :

« Écoute, Stuart, j'apprécie de connaître les hommes et j'ai cru te connaître dès que je t'ai vu. Vous n'êtes pas du genre à être une queue de lion si vous pensez que vous pouvez être une tête de souris.

"Même pas ça," répondit hardiment Stuart, "ou une tête de lion, ou rien."

«Je suis content qu'il soit si sincère. Vous pouvez être un homme très utile, mais aussi dangereux que d'être assis sur un baril de poudre avec la mèche allumée. C'est pourquoi je ne l'admettrais jamais dans mon gang.

« Qu'est-ce que je vais faire ! Je vais me résigner.

« Mais je ne veux pas non plus profiter de ton travail et de ton offre, car si je le faisais, je t'aurais toujours comme ennemi et je serais obligé de t'éliminer, ou du moins d'essayer. C'est pourquoi je vous fais une bonne proposition.

"Allez.

« Je vais essayer ce que vous me proposez dès que les nouvelles et les reportages que j'ai commandés me seront apportés. Vous m'aiderez à nettoyer la rue des ennemis pour assurer le succès et quand cela sera consolidé, je vous donnerai dix mille dollars en paiement pour vos services et vous monterez à cheval et quitterez San Francisco pour toujours.

"Il m'assure qu'il est tombé amoureux de cette fille nommée Betty et qu'il l'a sous sa garde. Avec cet argent, il peut l'emmener et trouver un endroit plus calme pour qu'ils s'installent tous les deux à ses côtés, commencer un nouvelle campagne, loin d'ici, ou se consacrer à l'entretien de la terre comme une pause bien méritée dans ses activités. S'il l'accepte, nous en sortirons tous les deux gagnants avec le pacte.

Stuart n'hésita pas un instant :

"D'accord," répondit-il, "je n'impose qu'une condition.

Dis-le.

« Laissez-moi régler nos différends avec Agnès une fois que tout sera terminé.

« Serais-je capable de la tuer ? demanda Fritt.

"Ne le faites pas. Je ne suis pas un meurtrier de femmes, si Agnès peut être appelée une femme, mais d'une manière ou d'une autre, je dois punir sa trahison et ses mensonges. Elle a beaucoup gagné au prix de peu d'exposition et porte des bijoux très chers sur elle les mains et le cou. Je pense que le cou et les mains de Betty seront plus beaux.

"Bien. Cela m'est égal. Pour toi Agnès et ses fichus bijoux. Ce que je veux, c'est l'autre.

"Alors ne parlez plus. A partir de ce moment, il m'a à ses ordres.

Attendons que Frank revienne et confirme sa nouvelle. Ensuite, nous ferons le ménage. Viens avec moi.

Ils sortirent dans le salon. Fritt a ordonné que les membres absents de sa bande soient fouillés d'urgence par tous les locaux de sa juridiction et qu'ils s'y rassemblent le plus rapidement possible. La nuit allait être tragique et mouvementée et elle avait besoin de tous ses éléments. À leur arrivée, il commanda une bouteille de whisky et offrit à boire à Stuart ; il a fourni :

« Par le seul propriétaire de San Francisco.

« Parce que vous le voyez avant de le quitter.

Et ils vidèrent tous les deux leurs lunettes en se regardant intensément dans les yeux.

CHAPITRE XI

LA NUIT TRAGIQUE

Un peu plus tard, Frank est revenu. Il y avait une certaine nervosité sur son visage, et avec un hochement de tête il hocha la tête à ce que Fritt lui demandait avec ses yeux.

« Qu'est-ce qu'il y a là-bas ?

« Un grand émoi, patron. J'ai pu constater que le joint d'Agnès est en effervescence. Même à la porte la foule curieuse.

Avez-vous vu quelqu'un que vous connaissez?

"Oui. J'ai vu Walter "le Loucher", James "le Furet" et Jim "Six Doigts". A l'intérieur il doit y en avoir d'autres.

"Bien. Dès que nos hommes seront réunis, préparez-vous avec du plomb. Nous allons intervenir dans la fête.

Frank et les deux autres qui jouaient avec Fritt quand Stuart est entré ont donné à leur patron un regard perplexe.

« Nous? Y a-t-il quelque chose qui nous affecte? Dit l'un.

"Beaucoup. Nous allons profiter de l'événement pour réaliser ce que nous n'avions pas réalisé jusqu'à présent. Dead Foot, qui était le chef d'organisation, il leur manque un patron et avant qu'ils ne s'organisent, nous allons profiter de la confusion Quand le soleil se lève, nous devons être les seuls propriétaires de San Francisco.

«Est-ce que cela signifie qu'il y aura à nouveau un combat?

« Tout ce qu'ils veulent accepter. Lorsque nous les surprendrons et que nous nettoierons leurs rangs, ils seront convaincus qu'ils n'ont plus rien à faire ici. Sois prêt.

Petit à petit, les hommes commencèrent à arriver. Des gars durs et sans visage, des hommes déjà endurcis dans les hauts et les bas du combat, qui sont venus intrigués par l'appel et qui ont jeté un coup d'œil à Stuart, se demandant qui était ce gars et ce qu'ils voulaient d'eux.

Fritt, froid et dominant, expliquait à grands traits ce qui s'était passé et ce qu'il attendait d'eux. Ils allaient se déchaîner dans les rues de San Francisco et éliminer impitoyablement tous les obstacles qui s'opposeraient à ce qu'ils désiraient tant et pour lesquels ils s'étaient tant battus auparavant.

Un quart d'heure plus tard, Fritt avait rassemblé une vingtaine d'hommes autour de lui. Lorsqu'il les compta, il en manqua quelques-unes, mais il n'allait pas attendre plus longtemps. Tout le temps qui était perdu, elle pouvait travailler contre lui et elle ne voulait pas que cela se passe de cette façon.

Faisant signe à Stuart, il ordonna :

"Allez. Vous à mes côtés.

"Où que vous vouliez. Je ne tournerai pas mon visage au moment de la célébration.

Fritt ne répondit pas et Stuart posa une question :

« Avez-vous déjà un plan d'attaque ?

"Pas beaucoup mais certains. Si la plupart d'entre eux sont dans le joint d'Agnès, je pense que c'est par là que nous devrions commencer.

"Je le pense aussi. Quand la nouvelle se sera répandue, ils seront convaincus que la mort de Foot est vraie. Là, vous pouvez faire un bon raid.

Sur la route, Fritt a donné des ordres sévères. Tous devaient être divisés en deux petits groupes et par des chemins différents couler devant le tripot dans une minute donnée.

— Il est deux heures, dit-il en consultant sa montre. A deux heures et quart, tout le monde devant la porte.

Ils se séparèrent, perdus dans les ténèbres de la nuit. Alors que le gang se faufilait dans les rues riches, Fritt s'est retrouvé avec Stuart, Frank et un autre tireur.

A un rythme lent, chronométré pour ne pas être en avance ou en retard, ils remontèrent la rue. Les lumières des établissements se dessinaient en quadrilatères sur la poussière de la route, et des intérieurs sortaient le murmure des voix heureuses des clients.

Toute cette partie était encore calme. Le mot ne s'était pas répandu et cela satisfaisait Fritt. Lorsque les premières détonations vibreront, il sera temps de sonner l'alarme dans la ville.

Ils approchaient de la zone opposée, quand ils ont commencé à observer des symptômes d'agitation. Certaines ombres se sont déplacées rapidement vers le haut, et peu de temps après elles ont découvert la tanière d'Agnès, brillamment éclairée.

A la porte, une masse confuse et compacte luttait pour regarder à l'intérieur. Quelqu'un devait la retenir, car malgré la taille de l'endroit, cela ne leur permettait pas de passer.

Fritt sortit son revolver et leva les yeux. De petits groupes s'approchaient de la porte et, avançant, dirent à Stuart :

"Allez. Le plus sûr, c'est qu'ils essaieront de nous empêcher d'entrer, mais s'ils le font, nous tirerons sur notre chemin.

Stuart, sans hésiter, vint à ses côtés, le poulain à la main, et en groupe compact ils atteignirent la porte.

Certains de ses hommes, revolvers sortis, s'étaient plantés d'un côté de la porte tournante, menaçant ceux qui luttaient pour entrer. Fritt a commencé à se frayer un chemin pour gagner la porte après avoir donné un ordre à Frank.

« Lorsque nous nous rapprocherons, nous éliminerons ces deux gars.

"Ils sont 'les yeux croisés' et 'les six doigts'", a souligné Frank.

« Comme s'ils étaient le diable lui-même. Mieux.

Ils ont avancé plus loin. La lumière des lampes suspendues à la porte les dénonçait. « Six Fingers », en les découvrant, fit un geste et sembla hésiter un instant, mais n'eut pas le temps de réagir. Quatre coups ont vibré et lui et son partenaire ont disparu derrière la lame rotative comme s'ils avaient été aspirés dans l'air.

Fritt a sauté sur la porte en ordonnant :

« Effacer tout cela, bientôt !

Mais les coups étaient plus efficaces que l'ordre. La chute des deux indésirables et la présence de Fritt ont suffi à les mettre en fuite. Là, ils ne respiraient que des airs de mort et leur curiosité n'allait pas jusqu'au sacrifice inutile.

L'entrée a été dégagée comme par enchantement alors que Fritt, Stuart et Frank et leur compagnon ont sauté à l'intérieur, passant par-dessus les corps des deux morts. En entrant, ils ont constaté que les locaux avaient été vidés de la clientèle et que seule une demi-douzaine d'hommes appartenant au gang de Foot s'y trouvaient, le reste étant à l'étage.

Les coups de feu les avaient obligés à concentrer leur regard sur la porte, au moment où les quatre Dauntless bondissaient comme des tigres pour gagner l'intérieur.

Ils les ont vus se jeter sur les tables les plus proches, les jeter à terre et s'en couvrir, au moment où le reste de la bande tentait de s'engouffrer dans les locaux.

Ils ont tiré furieusement sur la porte. Quelqu'un hurla de douleur alors qu'ils mâchaient du plomb, et une lourde volée tonna le joint. Fritt et ses trois compagnons, retranchés derrière les tables, tirèrent tour à tour à la recherche de leurs ennemis et bien que certains d'entre eux essayèrent de se mettre à couvert derrière leurs parapets de fortune, trois d'entre eux furent touchés avant d'avoir pu se mettre à couvert et tombèrent au centre de la chambre, tiré sur des coups de feu.

Les trois autres tirèrent furieusement, mais sans pouvoir fixer leur but, car il était mortel de passer la tête par-dessus les bords des planches dures, où les projectiles collaient ainsi que les dards, et pendant un instant les aboiements des poulains vibrèrent. sombre, produisant un rugissement terrible.

Jusqu'à ce que des hommes nerveux et tendus commencent à apparaître en haut de la galerie avec leurs armes dégainées. Le gros de la bande s'était rassemblé dans les appartements d'Agnès, où se trouvait le corps de Foot, et le rugissement des détonations les a avertis que quelque chose d'imprévu se passait en dessous.

Bientôt, des voix annonçant la présence du gang de Fritt, rassemblèrent tout le monde, et comme des animaux sauvages ils affluèrent vers la galerie pour se défendre et affronter le nouvel ennemi. Une terrible bagarre éclata entre ceux d'en bas protégés par des tables et des colonnes et ceux d'en haut tentèrent d'empêcher l'assaut.

Ceux qui ont attaqué, abrités derrière la véranda, ont tiré vers le bas à la recherche de leurs rivaux et ils ont pillé la galerie avec plus d'avantage, car la protection que leur offrait la balustrade était plus faible et plus vulnérable.

De temps en temps, un gémissement, une malédiction ou un cri de mort annonçaient les impacts bien ciblés. Il n'y avait rien qu'ils puissent tenter à partir de là s'ils ne se décidaient pas à atteindre la salle et à balayer leurs ennemis.

Soudain, Agnès, vêtue d'une robe de soirée saisissante et de bijoux scintillants, apparut dans la galerie avec deux revolvers dégainés. Magnifique et courageuse elle est venue remonter le moral des hommes de Foot et les forcer à se battre.

« Allez-y si vous êtes aussi courageux que vous le pensez ! "Cri." Cela ne peut être que l'œuvre de ce cochon Stuart qui vous a tous vendus. Où es-tu, cochon traître ? Pourquoi ne montres-tu pas ton visage comme les hommes ?

Des balles la frôlèrent tragiquement. Fritt, certain qu'elle serait tuée, passa la tête dans l'exposition grave de sa vie et cria :

« Sortez de là, Agnès. Rien ne va avec toi.

« Es-tu là, chien traître ? "Rugitivement." J'aurais dû comprendre.

"Va-t'en," cria Fritt en se penchant à nouveau.

Elle, en réponse, lui a tiré dessus. L'un des projectiles lui a effleuré les cheveux, lui arrachant presque la tête. Fritt, furieux, se dirigea vers elle, mais Stuart le frappa au bras en disant :

— Ne fais pas ça, Fritt, c'est une femme.

"Ça m'a presque tué, l'idiot.

Mais la tentative de Stuart était inutile.

Dans le déluge de balles croisées, Agnès fut tragiquement touchée, et, se penchant sur la véranda, elle glissa hors de celle-ci, laissa tomber ses armes et tomba par derrière comme une jolie poupée.

Les hommes de Foot, la voyant tomber, éprouvèrent un moment de découragement, mais, réagissant, ils se jetèrent férocement dans l'escalier. Le combat devait être décidé et à partir d'une position si fragile, ils ne pouvaient rien obtenir.

Mais la moitié est restée sur l'échelle. Un à un, ils tirèrent sur leurs ennemis, faisant quelques victimes, mais les combats étaient déjà très inégaux, et les moins téméraires se replièrent, disparaissant dans la galerie.

Au moment où la bataille a cessé et Fritt a froidement compté, douze ennemis avaient mordu la poussière.

Il en a perdu deux et a subi trois blessures graves.

Stuart regarda Agnès avec compassion plutôt que colère et décida de ne toucher à rien de ce qu'elle portait.

« Je n'ai qu'un mot, Stuart. Vous m'avez donné ce que je voulais et il est juste que je paie. Viens avec moi et nous réglerons cette affaire, mais à condition que tu quittes San Francisco à l'aube.

« Je n'ai qu'un seul mot aussi. Aller.

Fritt a laissé deux hommes dans la tanière pour s'occuper des morts, et avec Frank et une demi-douzaine d'autres sont retournés à l'endroit où il se réunissait avec son équipage. Déjà là, il commandait :

« Du whisky pour tout le monde. Nous l'avons mérité.

Il ne semblait pas qu'il ait été témoin d'un tel massacre, car il était serein et souriant. Ils burent avidement puis dirent :

« Le mot est mot, Stuart. Voici votre argent.

Il posa sa main sur sa poitrine en sortant un portefeuille bombé. D'elle il prit la somme offerte et la lui donna en l'invitant :

« Bois un autre verre à ma santé. Qu'ils le servent au mieux. « Stuart a empoché l'argent et est allé au bar pour prendre un verre. Ce faisant, il leva la tête et dans le miroir, au milieu de l'accumulation de bouteilles qui bloquaient à moitié sa vision, il aperçut un geste de Fritt à Frank. Il acquiesca. Mais Stuart, serein et dominant, n'accusa pas la découverte de ce geste expressif et tragique pour sa sécurité. Il a remercié la friandise et a offert sa main au tireur.

"Puissiez-vous avoir de la chance et gagner beaucoup d'argent", a-t-il déclaré. J'espère que tu te souviendras de moi un jour.

« Bien sûr que je me souviendrai de lui. Je n'oublie ni les vivants ni les morts » fut la réponse énigmatique.

« Il m'arrive la même chose.

"Quand vas-tu?

"Demain matin. Aujourd'hui, il est tard et je suis fatigué.

"Eh bien, bon voyage et bonne chance.

Stuart quitta le joint et sortit dans l'allée sombre. L'instinct lui a dit qu'un grand danger rôdait et qu'il devait le contrôler. Avec moins de monde, il aurait éliminé Fritt en tant que traître, mais essayer là aurait été suicidaire.

Il jeta un regard profond autour de lui et découvrit l'ombre d'un Tejavana à proximité. Il a traversé rapidement, a attrapé la barre transversale en bois et avec l'agilité d'un singe a gagné le toit.

Bien que dans une situation précaire, il a pu s'allonger dessus et attendre. Peu de temps après, furtivement, il a vu Frank et trois autres hommes armés sortir, se coller aux façades pour passer inaperçus.

Ils ont fouillé la rue sans le découvrir. Surpris, ils sortirent au centre de la route et regardèrent de haut en bas sans le trouver.

" Rayons d'enfer ! " s'écria Frank. " La terre l'a-t-elle englouti ?

« Il a dû courir, dit l'un d'eux. « Il aurait peur qu'on nettoie son argent.

« Nous allons le nettoyer de toute façon. Si vous n'êtes pas encore arrivé à l'auberge, nous vous attendrons pour entrer et sinon... pour sortir, d'ailleurs.

Ils ont disparu sur la route. Stuart, sans bouger de son observatoire, attendit.

Une demi-heure plus tard, Fritt a quitté le joint avec deux de ses hommes. Stuart l'entendit dire :

« Je vais me coucher parce que je suis fatigué. Je suppose que Frank a réussi à attraper ce type. Les dix mille dollars seront partagés demain.

« On vous accompagne, patron ?

"Ne le fais pas. Le danger est passé. A partir de ce moment nous sommes les maîtres. Demain tu me diras comment tout cela s'est terminé.

Un de ses hommes répondit :

« Vous pensez que nous terminons la soirée au Vanity ?

« Nous allons commencer à dépenser pour ces dix mille dollars.

La proposition acceptée, ils continuèrent avec Fritt dans la rue, mais à trente mètres ils se séparèrent de lui pour entrer dans un autre établissement. Fritt se regarda et, observant l'auguste solitude de la rue, continua son chemin.

Stuart, toujours souriant, descendait de la tejavana et, collé aux façades, marchait derrière le tireur. Il était prêt à accepter un travail difficile avant de s'enfuir.

Fritt quitta la rue de San Francisco et entra d'un côté, puis se dirigea vers un autre parallèle à la route bondée et atteignit à nouveau une plus étroite.

Stuart, comme un félin, l'avait suivi, réduisant la distance jusqu'à ce que, lorsqu'il atteignit cette ruelle, croyant que c'était le bon endroit pour ses plans, il décida d'agir froidement.

Il quitta la protection des maisons et sauta dans la poussière de la route. Fritt, douze mètres plus loin, allait atteindre la projection d'un carré de lumière provenant d'une petite taverne encore ouverte à de telles heures et lorsqu'il entra dans l'ouverture lumineuse, Stuart l'appela :

Fritt. Je suis ici pour te tuer pour un traître.

Le tireur s'est précipité avec son revolver, essayant de cacher le corps de la lumière, mais il n'a pas eu le temps. Un coup de feu a vibré et le missile l'a touché à la poitrine. Il a trébuché plusieurs fois et est tombé au sol. Stuart courut vers lui, revolver à la main, et s'approcha.

Fritt était tombé face à face dans le ciel étoilé et haletait. Stuart fouilla rapidement dans la poche de la veste de l'homme et en sortit le portefeuille bombé. Puis il a sauté dans la zone d'ombre et a décollé à toute allure.

Lorsque les clients de la taverne décidèrent de sortir et de voir ce qui s'était passé, le corps de Fritt se tordit dans les convulsions de la mort. Personne ne pouvait voir qui l'avait tué ni où le tueur s'était enfui.

Ce dernier, satisfait de sa vengeance, s'est faufilé dans plusieurs ruelles pour se rendre à l'hôtel. Il savait ce qui se cacherait devant lui, mais il n'avait pas négligé ses plans pour échapper à l'embuscade.

Le plus sûr était que les hommes armés, ne le trouvant pas sur le chemin, l'auraient découvert s'il était déjà arrivé et étant sûrs que non, ils l'attendraient en embuscade à proximité. Les tuer tous les quatre n'était pas une affaire qu'il aimait et il devait les déjouer.

Tout dépendait de la façon dont ils avaient organisé la surveillance. L'hôtel avait derrière lui une palissade avec un corral et une porte. Il y avait réfléchi pendant son séjour, ne négligeant jamais de couvrir les retraits. Il savait que la porte serait fermée, mais la clôture était facilement sautable.

Comme un chat, il avança prudemment jusqu'à ce qu'il s'approche de l'arrière de l'hôtel. Une fois là-bas, il respirait avec aisance, car apparemment ils ne se doutaient pas qu'il pouvait pénétrer cette partie et d'autant plus qu'il ignorait leurs projets tragiques à son égard.

Il atteignit la clôture d'un bond et s'élança vers le haut. Quand il est tombé dans l'enclos, il a souri.

Les choses n'auraient pas pu aller mieux pour lui. Il n'y avait plus de Foot, plus d'Agnès, pas même ce cochon Fritt, à qui il avait donné l'hégémonie de la ville et qu'il voulait payer si traîtreusement. Ses comptes étaient réglés et il avait dix mille dollars, qui se trouvaient dans le portefeuille du mort et dans ses propres économies.

Toujours prudent, il gagna la porte de service arrière et entra dans le bâtiment sans être observé par le commis de service, qui somnolait à moitié derrière le comptoir.

D'un pas mesuré et léger, il gagna les escaliers et lorsqu'il atteignit le couloir, il s'arrêta devant la porte de la chambre de Betty en hésitant. Si la fille avait le sommeil lourd, l'appel pourrait éveiller l'attention du gardien et cela pourrait lui nuire.

Il frappa discrètement du poing sur la porte et bientôt, la voix effarée de la jeune femme demanda :

« Qui appelle ?

Lui, appliquant sa bouche sur le joint de la porte, murmura :

"Attention, tais-toi. C'est moi, Stuart. Ouvre.

Peu de temps après, la jeune femme le fit entrer en murmurant :

« Oh mon Dieu ! Que se passe-t-il ?

Maintenant, je vais vous le dire. Fermer.

Il entra dans la chambre et ne la laissa pas allumer la lumière. Ils pouvaient bien voir dans l'éclat des étoiles qui pénétraient par la fenêtre.

"Je pensais que tu ne venais pas, Stuart," dit Betty. J'avais peur que...

« La nuit n'a pas été très calme, mais c'était amusant. J'ai fait tellement de choses que maintenant je m'émerveille d'avoir pu les faire en si peu de temps. Pour quelque chose que j'aime les nuits. Ceux ici à San Francisco sont merveilleux.

« Tu veux me dire ce que tu as fait ?

« Quelque chose que certains donneraient des milliers de dollars en ce moment pour me remplir le ventre de plomb, et je dois l'éviter. Habille-toi, ma fille, nous partons.

"Où?

"Je ne sais pas, mais je sais que nous quittons San Francisco à plein régime. Il reste peu de jour et le peu qui reste est ce dont nous devons profiter.

"Alors, nous ne pouvons pas attendre...

"Non. Si vous regardez par la fenêtre extérieure, vous verrez quatre types avec des revolvers qui attendent que je retourne à l'hôtel pour me donner un repos éternel. J'ai sauté par-dessus le mur du corral pour les déjouer. Si c'est le cas. étaient ces solos, je ne partirais peut-être pas, mais j'ai tout le groupe Fritt derrière moi.

"Fritt's ? Je pensais que...

« Oui, parce que Foot's n'existe pas et Foot non plus, parce que je l'ai pris sur moi. Plus tard, j'ai été forcé d'envoyer Fritt en enfer, mais ses hommes restent. Je ne fais pas de miracles et je sais me retirer quand cela me convient.

"Puis...

« Les airs de San Francisco ne sont pas bons pour moi en ce moment, mais ne vous pressez pas ; J'ai été bien payé. J'ai les poches pleines d'argent, c'est l'important.

"Nous irons à San Antonio ou à un autre endroit et installerons un tripot. Nous en serons les propriétaires et gagnerons beaucoup d'argent.

"Pourquoi un tripot ? Je voudrais plus la tranquillité d'un ranch ou d'une ferme. Je n'aime pas cette vie, Stuart, et si toi, si tu... m'aimes vraiment... tu ne devrais pas t'exposer à plus, puisque vous avez de quoi vivre avec.

« Voudrais-tu vraiment ça, colombe ?

« Je vous dis combien je suis désolé, Stuart.

« Bien ma chérie. Nous en discuterons. Vous êtes prêt ?

"Quand tu veux.

«Prenez le plus précis pour le voyage et laissez le reste. Nous ne pouvons pas transporter beaucoup de marchandises.

Elle obéit et avec sa main ils sortirent dans le hall.

Il la conduisit au corral. Il choisit le meilleur cheval qu'il y trouva et le conduisit dans la ruelle.

Déjà dedans, il prit Betty dans ses bras et la suspendit en l'air. Pendant quelques secondes, il la dévisagea, et sans la mettre sur la chaise demanda :

« Aimeriez-vous vraiment vivre dans un ranch ?

"Je le jure par l'amour que j'ai pour toi.

« Eh bien, tu gagnes, petit ; embrasse-moi.

Elle l'embrassa passionnément et il l'assit sur la chaise.

En contournant le coin, il atteignit la sortie de la ville. La lune se reflétait sur la mer avec des radiations argentées et Stuart contemplait le paysage poétique en marmonnant :

« La vérité est que l'on ne peut pas expliquer qu'un endroit aussi doux et aimable pour la ville la plus sinistre d'Amérique y ait été établi. Si j'avais le pouvoir, je coulerais San Francisco avec un tremblement de terre et j'y mettrais le feu pour le purifier.

Et chantant à voix basse une chanson de cow-girl, il mit le cheval au galop, tandis que sur sa poitrine il sentait le doux contact du dos de Betty et sur son visage le doux toucher de ses cheveux dorés.

FINIR